Sonya
ソーニャ文庫

絶倫御曹司の執愛は甘くて淫ら

月城うさぎ

JN148594

イースト・プレス

contents

ズルい男でなにが悪い？　と、鷹月壱弥《たかつきいちや》は開き直る。

本当にほしいものがあるならなりふり構ってなどいられないはずだ。男のちっぽけなプライドを守っていたって、好きな女性が振り向いてくれるわけではない。

「嫌なら拒絶してほしい」

拒絶されてもやめられる自信はないが、壱弥は可能な限り紳士的でありたいと思っている。

だが潤んだ瞳と上気した頬を見せられると、なけなしの理性が飛びそうになった。

拒絶の色は浮かんでいない。戸惑いと好奇心とドキドキが混ざり合っている。

暴力的なまでの可愛さが心臓の鼓動を速めた。早く目の前の女性を喰らいたくてたまらない。

ほんのり口紅が落ちた唇が柔らかくてうまそうだ。ここに触れる許可がほしい。

何度この唇に触れたいと願っただろう。何年も前から恋焦がれていたことなど、彼女は知る由もない。

そっと指先で小さな唇に触れた。彼女の顔に拒絶の色は浮かんでいない。

期待を込めた目で見つめられて、じりじりとした熱がせり上がってくる。

——ああ、たまらない。

きっとこの目も無意識なのだろう。男を煽《あお》る眼差しだというのを本人は理解していない。

だがそれでもいい。

他の男にその目を向けなければ、壱弥は嫉妬に駆られることはない。

瞼《まぶた》を閉じた瞬間までじっくり眺める。

ふっくらした唇に己の唇を重ねただけで、彼女から放たれる濃密な色香に酔いそうになった。

ただ唇が合わさっただけなのに眩暈《めまい》を感じるなんてどうかしている。

もっと深く貪《むさぼ》って味わいたい。だが最初から飛ばし過ぎたら拒絶されるだろうか。

なけなしの理性で問いかける。嫌だったらここで終わりにしなくては。

「嫌じゃない……です」

一体どうしてくれようか。

潤んだ目で見つめられて、壱弥の心臓がひと際大きく跳ねた。

そんなことを言われてブレーキをかけられる男は存在しないだろう。

二回目のキスを味わう。華奢《きゃしゃ》な身体を腕の中に閉じ込めてしまいたい。

「嫌じゃないならこのまま流されてしまえばいい」

流されることは罪ではないのだ。

抵抗されるよりも早く、壱弥は愛しい彼女を寝室へ運び込んだ。

プロローグ

三月下旬の大安吉日。

創建五百年を超える澄桜《すおう》神社では、一組の神前式が執り行われていた。

この日は夜明け前からしとしとと雨が降っていた。境内に咲く桜は満開を迎える前に雨に打たれて花びらを散らす。

なかなか晴れない霧は集まった人々の心情を表しているかのようで、あたりには張り詰めた空気が漂っていた。

――空気が薄くて息苦しい。

澄桜凪紗《なぎさ》はそっと視線を下げた。代々花嫁に譲り受けられる伝統的な白無垢と綿帽子を被っているが、その顔にはなんの喜びも浮かんでいない。

拝殿に着席した凪紗の隣は空席だ。式の開始から一時間が経過しようとしているが、夫となる男はいつまで経っても現れない。

誰も花婿が行方不明になることを予期していなかった。早々に行方を捜させているようだが足取りがつかめないらしい。

動揺と困惑が肌をピリリとひりつかせる。重苦しい空気の中、ざわめきは無視できないものになっていた。

『彰吾《しょうご》はまだ見つからないのか！』

『だから昨夜から監視をつけておくべきだったのよ！　それをあなたが不要だと言うから』

『あいつは明日が楽しみだと言っていたんだぞ？　まさかこんな大恥をかかせるとは思わんだろう！』

きっとしがらみから抜け出す自由を喜んでいたのだろう。

望まぬ結婚をさせられているのは彼だけではないのにと、凪紗は心の奥で呟きを落とす。

『鵜生川《うぶかわ》家から彰吾さんの私物が消えているそうよ』

『あら、彰吾さんに交際相手がいた噂はなかったのに。きっと逃げたのね』

クスクスと嘲笑《ちょうしょう》が響く。心配するような口ぶりで、皆楽しそうに噂の種ができたとほくそ笑んでいるのだろう。

一向にはじまらない式を他人事のように眺める。凪紗はこの状況に怒りも悲しみも感じていない。

『でもまさか結婚式の当日に新郎に逃げられるなんて、凪紗さまもお可哀想にねぇ』

その一言に、凪紗の肩がピクリと反応した。

――可哀想……？　私は可哀想に見えるの？

好きな相手と結ばれるわけでもないのに、破談になれば可哀想だと同情されるのか。本人の意思を無視した婚姻には同情されないのに。

凪紗の親族からしてみれば澄桜の名に泥を塗られたとでも思うだろう。表面上は穏やかに振る舞っているが、腹の中ではなにを考えているかわからない。

幸いなことに入籍はしておらず、婚姻届の記入もまだだった。

夫となるはずだった鵜生川彰吾は周囲を巻き込んだはた迷惑な男ではあるが、入籍後に逃げられるよりはマシだ。

彼とは一度しか顔を合わせていない。凪紗の地元では有名な政治家一族の長男の二十七歳で、鵜生川家は名の知れた名家だ。

凪紗が大学を卒業後に結婚することはわかっていたはずだ。逃げ出すタイミングなどいくらでもあっただろうに、式の当日にすっぽかすなど社会人としても非常識すぎる。

けれどそれだけだ。

――もっと早く逃げてくれたら、朝早くから準備をさせられなくて済んだのに。

そっと小さく息を吐いた。余計な感情を見せたら騒ぎが大きくなるだけで、煩わしさが増す。

あまり特徴のなかった顔を思い出すこともできないが、第一印象は気弱で優しそうだと感じた。自己主張も激しくなさそうだと。

自分の意見を押し殺し、家の言いなりになるしかない者同士なら多少は傷の舐め合いもできただろう。恋や愛などという感情は芽生えなくても、傍に居るうちになにかしらの情が生まれていたかもしれない。

――そんな未来は来なかったけれど、私は全部どうでもいい。

この騒動も結婚も、凪紗にしたらすべてが他人事でしかない。

元々当主である祖父が決めた縁談だ。凪紗に拒否する権利などはなくて、ただ粛々《しゅくしゅく》と従うだけ。

顔を上げて慌てる人々を眺める。

騒がしい声を聞き流しながら、一向に止まない雨に視線を向けた。

どこからともなく鶯《うぐいす》の鳴き声が聞こえた。煩わしい声は耳を素通りするのに、雨の日にもかかわらず懸命に鳴く鳥の声は凪紗の耳に伝わるらしい。

――……鳥は一生懸命なのに、私はここでなにをしているんだろう。

鶯のさえずりは求愛行動らしい。雄が懸命に雌にアピールをし、子孫を残そうとする。

鳥は自力でパートナーを見つけ出す。繁殖期を迎えた雄の鳴き声に惹かれた雌が番《つがい》になるのだと思うと、人間は何故こうもしがらみだらけなのか。

——私はどこにも飛ぶことができない。がんじがらめの人生に意味なんてあるのかしら。

物心がついてからずっと、諦めながら生きてきた。

誰かの都合で振り回される人生に生きる意味を見出せるのだろうか。

——このまま彰吾さんが見つからなかったら、きっとすぐにでも次の夫候補が現れる。

澄桜家は古くから地元の人に愛される神社の神主一族だ。裏御籤《うらみくじ》と呼ばれる占いが目当てで、政財界、経済界からの参拝者は後を絶たない。

いつの頃からか、澄桜の血を引く娘との婚姻は一族に繁栄をもたらすと言われているらしいが、凪紗には神秘的な力などなにもない。予知や占いができるわけでもない。

それでも、少しでもあやかりたいと思う者がいるらしい。逃げた鵜生川家の長男はある意味まともだったのだろう。

——そうだわ。あの人はまともだから逃げたんだ。

欲望だらけの家から逃げて自由を掴もうとした。そう気づいたとき、凪紗ははじめて嫉妬した。

心の奥に強い感情が湧き上がる。ドクドクと心臓が激しく鼓動した。

——それなら、私もここから逃げてもいいの？

自分の人生に責任を持てるのは自分だけ。他人の思惑で振り回されるのはおかしいではないか。

やりたいことを諦めて自由を諦めて、両親からの愛も与えられず家のために奉仕してきた。

幸せの定義は自分で見つけるものなのに、押し付けられた幸せを無理やり咀嚼《そしゃく》させられる。苦しくて吐きそうなのに、助けてくれる人は誰もいない。手を差し伸べてくれる人もいない。

――私の人生なのに、私に決定権はない。私の人権はどこにあるの？

常に感情を押し殺し、諦めて生きなければいけない人生に未来なんてない。

このまま家にいたら好きでもない男の子供を産まされて、一生搾取されながら生きていくのだろう。

その生き方に納得できるほど、凪紗は洗脳されていなかった。

――……冗談じゃないわ。そんな未来は願い下げよ！

心のどこかでプツン、となにかが切れる音がした。

鳥のように羽ばたける羽はなくても、自ら行動を起こせばなにかが変わる。自由の切符はきっと手を伸ばした先にある。

人生を悲観するにはまだ早い。まだ二十二年しか生きていないのだから。

目の前で繰り広げられる醜悪な光景を目に焼き付ける。
凪紗は皮肉にも行方不明になった男から逃げる勇気をもらった。

第一章

最寄り駅から徒歩五分。

大通りの喧騒《けんそう》から一本外れた場所にひっそり佇む二階建ての店は、創業九十年を超えるジュエリー店だ。レンガ造りの外壁とアールデコ調の外階段は映えスポットとして時折SNSに紹介される。

その店の従業員をしている凪紗は、毎日美しい宝石に囲まれながら心をときめかせていた。

ここは宝石の仕入れからデザインに仕上げまで自社で行っている。フルオーダーも可能で、この日も凪紗の友人夫婦が婚約指輪を受け取りにやって来た。

「こちらがご注文された古賀《こが》さまの婚約指輪です。どうぞお手にとってみてください」

すべてがオーダーメイドの指輪だ。デザイン画と実物とでは印象も異なるのだろう。ふたりは指輪の仕上がりを目の当たりにして目を輝かせていた。

「……美しいですね」

「本当に素敵！　理想的すぎる！」

「ありがとうございます。オーナーも喜びます」

凪紗の上司であり、ジュエリー店のオーナーである翠川悠斗《みどりかわはると》は生憎《あいにく》店を不在にしている。彼がデザインした拘《こだわ》りのジュエリーは熱狂的なファンがつくほど人気で、この界隈ではちょっとした有名人だ。

夫が妻の美香子《みかこ》の手を取り指輪を嵌《は》めた。薬指にぴったり嵌まった指輪を眺めながら、双方にこやかに微笑み合う。

「サイズは大丈夫そうですか？」

「ええ、ぴったり！　それにしても、憧れの悠斗さんのデザインで婚約指輪を貰える日がくるなんて……幸せすぎて泣きそうだわ」

「もう泣いてるじゃない。はい、ティッシュ」

「ありがとう……」

それまで店員として接していた凪紗は思わず口調を砕けさせた。美香子は店の常連客でもあり、気心が知れた友人でもある。

「はあ、本当にうれしいわ。三か月待った甲斐があったもの。悠斗さんに今度直接お礼を言わせてね」

「ぜひ。本当は悠斗さんも直接渡したかったんだけど、先週からバンコクに宝石の買い付けに行ってて」

「直接ルースを仕入れに行ってるんだもんね。仕方ないわ」

ジュエリーデザイナーでもある翠川は年に数回、宝石のバイヤーと共に良質な石を求めて世界を飛び回っている。三日後には帰国する予定だが、古賀夫妻がふたり一緒に来店できる日は今日しかなかったのだ。

翠川が作る繊細なジュエリーは世代を問わず人気のため、常に数か月先まで予約が取れない状況だ。三か月で納品というのは早い方だろう。

「アーガイル鉱山のピンクダイヤモンドなんてもう手に入らないと思ってた。結婚できるなら絶対これで婚約指輪がほしいと思っていた夢が奇跡的に叶ったわ」

「閉山されちゃったものね……綺麗な色合いのカラーダイヤモンドって希少価値が高いし、ピンクダイヤはほとんどがアーガイル鉱山のものだから、市場にはあまり出回らないかも」

店にはいくつか在庫が残っているため、翠川が美香子のためにとっておきの石を提供したのだ。その分通常のダイヤモンドよりは価格が上がったが、今後の資産価値を考えると損にはならないはずだ。

「俺は美香子さんの夢を叶えちゃったってことかな」

「そうよ！　このピンクダイヤを提供してくれたのは悠斗さんだけど、婚約指輪を貰うって夢を叶えてくれたのは啓介《けいすけ》よ。本当にありがとう！　一生物にするわ」

「どういたしまして」

朗らかに笑うふたりを眺めながら、凪紗は胸をほっこりさせる。

指輪ひとつで満面の笑みになる瞬間に立ち会えた。そんな仕事ができることに誇らしくなる。

——素敵だなぁ……理想的な夫婦ってこんな感じかもしれない。

ほんの一年前までは出会っていなかったふたりが交際をはじめて夫婦となった。その変化が眩しくて、少し羨《うらや》ましい。

喜びのおすそ分けをもらえたからだろうか。今まで誰かを羨んだことなどほとんどなかったのに、こういう関係を築けるのは純粋にいいなと感じてしまった。

「ふたりを見ているとと想い合う人がいるのは素敵だなって思えるわ」

幸せオーラでお腹いっぱいになりそうだ。つい自分の数年間を振り返ってみたが、少々しょっぱい気持ちになった。あまりにも色気がなくて、毎日代わり映えのない日常を送っている。

今の生活に不満はない。仕事はトキメキの連続で、天職とまで思っている。

人間関係の問題もないため翠川が廃業するまでついていくつもりだが、私生活ではそろそろ変化を望んでもいいかもしれない。

そんな凪紗の呟きを聞いた美香子は、キラリと目を光らせた。

「ようやく凪紗も結婚に興味が出てきたの？　前はまったく恋愛や結婚には興味がないって言ってたのに」

現在店内には三人だけだ。閉店間近で他の客はいない。

いつもなら仕事の話題しかしないところだが、凪紗は少しだけプライベートな話題をしてもいいだろうと割り切ることにした。

「あまり恋愛には興味がなかったけれど、純粋にふたりの関係性が素敵だなって。支え合う人がいるのっていいなって思っただけよ」

美香子が夫の啓介と出会う前に、凪紗は彼女に連れられて縁結びの神社に同行したことがあった。恋愛願望は一切なかったため完全に美香子の付き添いだっただけだが、その頃と比べると多少羨ましいという願望も湧いているのだろう。

自分の隣にも誰かがいてくれたら……と、淡い気持ちを抱きそうになる。

――私は一生独身のつもりで生きてきたのに、新婚夫婦恐るべし。

気恥ずかしい気持ちになり話を終わらせようとするが、美香子は即座に凪紗の左手を取った。

「もうこの話はおしまい……」

「じゃあさ、占いに興味ない？」

「え？　占い？」

「凪紗は興味ないだろうなと思ってたんだけど、啓介と出会う前に友達からオススメされた占い師に会いに行ってて。思い返すと当たってたのよ。私は手相を見てもらったんだけど」

そう言いながら美香子は凪紗の左手の結婚線に視線を落とした。小指の付け根と感情線の間にある短い線のことを一般的には結婚線と呼ぶらしい。

「ほら、あるじゃん！　めっちゃ濃くて長いのがここに」

ここ、と言われて凪紗は自分の手相を見つめる。

今まで特に意識したことはなかったが、そんな風に言われるとこれは実現するものなのだろうかという気持ちになってきた。

「実は私も、自分の結婚線っていつ実現するのかって訊きに行ったのよ。で、一か月後に出会ったのが彼だもん」

「ええ？　そうだったの？」

夫の方は初耳だったらしい。目を丸くさせて笑っている。

「当たっても当たらなくても別にいいんだよ、こういうのは。でも助言をもらえるのは純粋に面白いから、行くだけ行ってみようよ。話を聞きに行くだけ。ね？　定休日は月曜日だから、月曜日が空いてるか見てみるわ」

「え、ええ？」

凪紗が戸惑っている間に美香子はスマホを操作し始めた。口を挟む隙がない。

「占いってスマホで予約ができるんだね……」

「今時はほとんどそうじゃない？　タイミングがいいとキャンセルがあったりするんだけど……ラッキー！　空いてたわ。この日でいい？　定休日だし大丈夫よね？」

凪紗は勢いに押されるように頷いてしまう。休日は溜まっている家事くらいしかしていないことがバレていた。

――フットワークが軽くて行動力の塊なのを忘れてたわ……。

美香子は自ら幸せを掴みに行くタイプだ。以前から「白馬の王子様を待つなどまどろっこしい」と豪語し、暇さえあればあちこちに人脈を作っていた。友人関係も行動範囲も狭い凪紗とは真逆のタイプである。

「はい、予約完了！　とりあえず興味本位で行ってみたらいいよ。面白そうでしょう？」

「あ、ありがとう……そうね？」

勢いに飲まれて頷く。凪紗のメールアドレスにも予約完了のメールが届いていた。

占いの館は新宿にあるらしい。凪紗の自宅から電車一本ですぐに行ける。

――ふたりを見ていたら羨ましいとは思ったけれど、まさか占いに行くとは……結婚まで意識はしてないんだけど……。

結婚未遂なら苦い経験があるが、それを知るのは店長である翠川だけだ。古賀夫妻には凪紗の過去を話していない。

――私の人生の転機だった日からもう六年か……。

最低限の荷物と貴重品を持って、周囲がごたついている隙をついて家から飛び出してきた。自分の人生を諦めたくなくて、後先考えずに自由を求めて地元から逃げたのだ。運よく翠川の店で雇ってもらえて今に至る。

東京での暮らしに慣れることに精いっぱいだったため、恋人がほしいとも思わなかったが随分と精神的にも余裕ができてきた。

これまでもこれからもひとりで生きることだけを考えてきたけれど、少し考えを改めてもいいかもしれない。

――今までは誰かと生きることなんて考えられなかったけど、支え合える人ができたらもっと満たされた気持ちになれるのかな。

恋人ができたら気持ちにどんな変化が現れるのだろうか。きっとドキドキする感情と同じくらい今まで味わったことのない不安も覚えそう。

凪紗も九月で二十九になる。そろそろ真剣に今後について考えてみてもいいかもしれない。

──私の結婚線は三本あるわね。

感情線のすぐ上にある一本目は薄くて短い。二本目は長くてはっきりしている。

「結婚線ってどうやって見るのかしら」

「ああ、上から数えがちなんだけど、下から見るらしいよ。一般的には感情線のすぐ上が一本目で、凪紗のこの線が二十代前半くらいかな。なにか心当たりは？」

「残念ながら」

口ではそう言いながら、凪紗の心臓はドキッと跳ねた。

──なるほど。確かに当たっているのかも……？　この一本目が二十二の結婚式だとしたら、真ん中の二本目が本命ってことかしら。

「ちょうど中間にある真ん中が三十頃らしいわね。まあ、多少は前後すると思うけど。だから狙うのはこれよ！　その上の三本目は四十代だと思うけど、一応ご縁はあっても薄いし」

一本目と三本目はどれも同じくらい薄くて短い。真ん中の濃い一本とは存在感が違う。

もしもこの先の人生を誰かと歩めるなら、二本目の結婚線が示す相手が良さそうだ。

──当たるも八卦《はっけ》当たらぬも八卦とは言うけれど、信じてみたら面白いかも？

あまり占いには乗り気になれないが、手相というジャンルを試すのははじめてだ。人生何事も経験だと思うことにする。

「じゃあね、凪紗。結果楽しみにしてるから」

「はい……ありがとうございました」

美香子は指輪が入った紙袋を大事そうに抱えながら凪紗に手を振った。

新婚夫婦の後ろ姿を見送ると、凪紗は表の看板を中に仕舞う。エントランスドアの札をOPENからCLOSEDに変更し、後片付けをはじめた。

「……結婚か」

ショーケースに入ったダイヤモンドの婚約指輪が視界に映る。自分には無縁のものだと思っていたけれど、いつか婚約指輪をくれる人が現れるのだろうか。

キラリと光るダイヤモンドが目に眩しい。凪紗ははじめて未来の伴侶について真剣に考えるようになった。


占いの予約日が近づくにつれて、凪紗は緊張と高揚を感じるようになっていた。一体なにを言われるのだろうと思うと変な汗が出そうになる。

——いや、いきなり悪いことは言われないと思うけれど……そもそも私、絶対に結婚がしたいというわけではないし。

そう思いつつも、頭から「結婚」の二文字が離れない。

地元を離れて早六年。実家と完全に縁を切るなら、結婚が一番手っ取り早いのでは？という打算まで働きそうだ。

――そうよね。私が早く結婚してしまえば、万が一連れ戻されそうになっても逃げきれるし、縁談を持ちかけられることもないはず。

彼らとは六年間音信不通だが、凪紗を諦めたかどうかはわからない。また家の利益のために利用する可能性はゼロではないのだ。

捜索願いが出されている可能性を考えると憂鬱になる。

「やっぱり名前が変わっていた方が安全よね」

息を潜めて静かに東京で暮らし続けるより、苗字を変えて新しい人生を歩んだ方が清々《すがすが》しいのではないか。ならば早く、どこかにいるかもしれない運命の伴侶と出会いたい。

欲を言うなら相思相愛の相手と結ばれたいが、トキメキやドキドキを感じる相手でなくて構わない。話が通じて思いやりがあって、困ったときに手を差し伸べてくれる人が理想だが。

――別に面食いでもないと思うし……多分。

理想の恋人を真剣に考えたことはあっただろうか。自分の恋愛レベルが思っていた以上に低いことに気づいてしまい、占いを受けてもまともな返しができるか自信がなくなってきた。

予約時間の十分前に占いの館に到着した。緊張しすぎてドキドキしながら、案内された席に着席する。

「……私のこの結婚線って、いつ実現されますか？」

美香子の結婚を見事的中させた占い師は、凪紗が想像していたような風貌とはまるで違った。一見スーパーですれ違いそうな五十代くらいの主婦に見えた。怪しげなフードを被ることもなく普段着で薄化粧。占い師には見えない。

彼女は朗らかな笑みを浮かべながら、「どれどれ」と凪紗の手相を覗き込んだ。

「あら～そうね、もう実現していていい頃だと思うけど」

「結婚相手に出会ってるってことですか？」

「ええ。もしまだ出会っていないなら、今から年末までが勝負ね。これから出会った男性で、少しでも素敵だなと思ったら、絶対に逃がしちゃダメよ？」

――それは具体的にはどうやって？

逃がさない方法が知りたい。学生時代も恋愛とは縁遠かったため、アプローチの方法などわからないのだ。

連絡先の交換をして少しずつ距離を縮めたらいいのだろうか……などと考えていると、占い師は凪紗の手相をじっくり観察する。

「それでその人を逃したら、次に現れる運命の人は還暦を過ぎた頃かしら」

「ええー!?」

淡々と告げられた占い結果が予想外すぎて、凪紗は思わず声を出した。

――占いなんて当たらなくて当然くらいに思っていた方がいいけれど、さすがに素直に従った方がいいかも……！

運命の人に出会うと言われたら信じたくなるのが乙女心だ。還暦後の出会いは少々先過ぎである。

「今が絶好調に恋愛運のモテ期が来ているんだから、常にアンテナを張っておくことが大事よ。恋の気配がしたらキャッチできるようにね。あと隙がなさすぎると男性は近寄りがたくなるから、肩の力を抜いてリラックスするようにして、口角を上げているように」

「そう言われましても、隙を作るって難しいのですが……」

常に完璧でいようと心掛けていたが恋愛面では逆効果らしい。運命の相手と出会う以前に、恋人を作ることのハードルの高さを実感する。

――いいと思った人と出会った後はどうしたら？　というか、みんなどうやって彼氏ができるの？　好きな人に好きになってもらうとか、もはや奇跡では？

好きって一体なんだろう……。凪紗の頭は疑問でいっぱいだ。

哲学的な考えがぐるぐる浮かんだとき、占い師はいくつかの助言をした。

「あとは恋愛運を上げるお守りを占ってあげましょうか。あなたと相性がいい宝石は……

ピンク色の石がいいわね」

「ピンクのパワーストーンってことですか？　ローズクォーツとか？」

「それもいいわよ。でもパワーストーンだけじゃなくて、可愛らしいピンク色の宝石とも相性がいいわね。スピネルとかサファイアとか。あとピンクトルマリンも」

直感的に好きだと思った石を身につけていたらいいそうだ。キラキラしたピンク色の石は、恋愛運を上げるらしい。

——職場がジュエリーショップですって言ってないのに。なにかと当てはまることが多いような……。

個人情報は一切伝えていない。占いたい内容を告げて手相を見せただけだ。だがそれだけで彼女は凪紗の性格から過去の出来事などを言い当てた。

占いには消極的だったが、女性が好きな理由が理解できた。

百パーセント当たるとは思っていないが、行動次第では当たるかもしれない。その絶妙さが癖になるのだろう。

「慎重な性格は長所だけど、いつどこで出会いがあるかわからないから、これからはなにか誘われたら積極的に行くように。あと信頼のおける相手から紹介された人には心のシャッターを開けておいた方がいいわ」

「心のシャッターですか」

「ええ、あなたいつもシャッターは半開き程度でしょう」

──鋭い！

半開きにしてそっと覗くような性格だと言われている。確かに凪紗は積極的に心を開くタイプではなく、美香子のように社交的ではない。

──接客業だし、仕事と割り切れば大丈夫だけど。プライベートだといろいろ遠ざけ癖がついていたかも……。

トラブルに巻き込まれないように慎重で臆病な性格になっていた。それだと新しい出会いがあっても次に繋がりにくい。

「この人ならいいかもって思えたら、少しは自分の心を見せるようにね」

手帳にメモを記入しながら今後について考える。過去を振り返り未来を考えるきっかけが与えられたようだ。

──よし、私も美香子さんのように行動あるのみだわ。

あっという間に終わりの時間がやって来た。なんだか思いがけずカウンセリングを受けたような気分だ。

「心配いらないわ。あなたなら大丈夫よ」

「ありがとうございました。頑張ります」

代金を払い、館を後にする。

一見根拠のない励ましも、占いを生業にしている人から言われると自信が持てるから不思議だ。

——なんだか心が軽くなったような……気のせいかもしれないけれど。

現状維持は心地いい。けれど更なる幸せを望むなら、積極的に動かなくてはいけない。

占い師が言っていたことが本当なら年末までが勝負になる。

「今が六月だからちょうど半年か……」

結婚相談所に入会してしまうのが近道だと思ったが、占い師からの返答は鈍かった。一番の近道は友人知人からの紹介だそう。

——ちょっと恥ずかしいけれど、積極的に婚活するって宣言しておくとか……？

時間がないならできることをすべてやった方がいい。凪紗は手に視線を落とす。

「恋愛運を上げてくれるピンク色の石……ね」

凪紗の指にはエメラルドとダイヤモンドのリングを重ねづけしていた。どちらも五月と六月の誕生石だ。

エメラルドは凪紗がジュエリー業界に入ったばかりの頃、勉強のために訪れた鉱物のイベントではじめて購入したリングだ。爽やかなエメラルドグリーンに惹かれてお迎えしたリングは今でも一番のお気に入り。

鉱物のイベントには隕石や化石はもちろん一般的な宝石やパワーストーンなど、あらゆる鉱物が出品されている。日本各地でイベントが開催されており、ジュエリー関係者以外に一般客も入れるため、毎回大変な賑わいを見せるほど人気な催しだ。

凪紗の店のオーナーである翠川はイベントに出店することはほとんどない。過去に一度だけ出店した際、翠川の前に長蛇の列ができてしまい会場を混乱させたらしい。

——イケメンすぎるオーナーって言われて名刺も速攻でなくなったとか……。

甘いマスクの八頭身で、穏やかな微笑《びしょう》に釣られるように信者《ファン》が作られていく。

当時凪紗はまだ働いていなかったため人伝に聞いただけだが、顔がいいというのも大変である。持って行ったジュエリーが一日で完売したとか。

そんな過去があるため、現在翠川はほぼ出禁状態だが、彼は凪紗には積極的にイベントに参加しておいでと送り出してくれる。仕事として行けるおかげで有給を使うこともなく、あらゆる鉱物に触れることができた。

凪紗はジュエリーの他にも、隕石やお手頃価格のルースなどを細々と集めていた。

「そういえばピンク系の石って持ってなかったかも？」

仕事中は邪魔にならない地金のピンキーリングのみにしているが、休日はこうして気に入った宝石をつけている。今日は爽やかな緑色のトップスにしたため、エメラルドを左手に嵌めていた。

次になにかを購入するときは翠川のジュエリーにしようと思っていた。社割が使えるとはいえ少々値段が張るのだが、一生物だと思って奮発するのもよさそうだ。

「よし、恋愛運向上の石は店で買わせてもらうとして、あとは出会いを増やさないと」

習い事でもはじめるべきだろうか。友人だけに頼るのは心もとない。

興味がないものを続けるのは難しいが、なにごとも最初の一歩が大事である。

――なんだろう。不思議とワクワクしてきたかもしれない。

婚活と呼べるほど大層なものではないが、人生の新しい章《チャプター》をめくろうとしている。

自分には恋愛なんて縁遠い。ひとりで身軽に生きて行こうと思っていたのに、こうも気持ちが変わるとは。新婚夫婦に感謝である。

まずは年末までの半年間、恋愛を意識して過ごしてみよう。

凪紗はふと自身のカジュアルな服装を見下ろしてから、気分が上がる夏服を買いに行くことにした。

◆　◆　◆

「――というわけで、占い師さんに助言をもらって婚活してみることにしました」

閉店後。突拍子もない報告を受けた翠川は、コーヒーを飲む手を止めた。

「へえ、驚いた。凪紗ちゃんの口から婚活の二文字が出てくるとは……」

「ですよね、私もです」

翠川には普段から日常的な相談をしているため、気兼ねなくプライベートの報告もしている。店のオーナーで凪紗の上司でもあるが、近所の頼れるお兄さんに近い。

「とはいえ、婚活ってほど大層なものではないんですけどね。どうしても結婚したいという意気込みがあるわけではないですし。ただ今を逃すと還暦まで素敵なご縁がないそうなので……」

「なかなかヘビーな話だね。還暦って三十二年後じゃない？」

「ええ、そうなんですよ。そう言われるとやれるだけやってみて、その結果ひとりを選んだ方がいいかなと。一応年末までが勝負って言われたので、恋愛運を上げるお守り用のリングを購入したいと思います」

ピンクの石でオススメがあるかと尋ねると、翠川は「ちょっと待ってて」と作業部屋に向かった。

凪紗が掃除道具を片付けている間に、翠川はいくつかのリングをトレイに載せて持ってくる。

「昨日出来上がったばかりの新作と、僕のオススメを選んできた」

「悠斗さんの新作ですか？　見たいです！」

いつ新作のジュエリーが出来上がるかはわからないため、定期的に店にやってくる常連客は後を絶たない。店に並ぶジュエリーは翠川がデザインから加工まですべて手作業で行っている。

「じゃあ、まずは僕のオススメから。これはロゼピンクが可愛いマラヤガーネットと、北海道産の桜色のロードクロサイト。こっちのはアメリカのスイートホーム産のロードクロサイトね」

同じ宝石でも産地が違うと色合いが異なる。

凪紗は翠川が語る石の話を聞くのが好きだ。一対一で石を選んでもらえるなど贅沢な時間だろう。

「マラヤガーネットの色合いは淡いピンクで素敵ですよね。ロードクロサイトも桜色で可愛いですが、硬度が低いんですよね。扱いが難しそう……」

「それはそうなんだよね。割れやすくて扱いにくい。でもそれも可憐で愛おしいよ」

翠川がスッと指先で宝石を撫でた。その優しい手つきに見惚《みと》れそうになる。

――悠斗さんは本当に石が好きよね。みんなお姫様のように扱うもの。

常連客の九割が女性客だ。翠川が作るジュエリーだけが目的ではなく、大多数は彼のファンである。

柔らかな笑顔にハートを射貫かれる女性が多い。優しいインテリイケメンと呼ばれており、三十二歳で未だに独身。地主で資産家かつ、祖父から受け継いだこの店もほとんど趣味のようなものだとか。

——悠斗さんはモテモテなんだけど、恋人を作るつもりはないんだっけ。

彼は重度の石オタクだ。ひとりきりで延々と石に触れながら愛を囁くような男である。石と一緒に晩酌する男を愛せる女性でないと、一緒になるのは厳しいだろう。

——勝手に独り身同盟を結んでいたんだけれど、一足先に抜けさせていただきます。

心の中で謝罪しつつ、翠川のオススメに耳を傾ける。

「もうちょっと色味が濃いのがよければルベライトちゃんも可愛いよね。ラズベリーカラーでとってもジューシー」

「悠斗さんが語ると食べられそうに思えてきますね」

ルベライトは鮮やかなピンク色のトルマリンだ。見ているだけで情熱的なエネルギーが湧いてくる。

「いつかルベライトもほしいと思っていたんですよね。可愛いなあ……」

見れば見るほど魅力的だ。

次はどの子をジュエリーボックスにお迎えしよう？　と考えるだけで胸のトキメキが止まらない。

「うん、魅力的でしょう？　でもね、僕は凪紗ちゃんにはこっちじゃないかなって思うんだよね」

最後に見せられたリングを見て、凪紗は目が釘付けになった。

「これってピンクサファイア……じゃなくて、パパラチアサファイアですか?」

「そう。実は昨日出来上がったばかりの新作リング」

パパラチアサファイアとは世界三大希少石のひとつに数えられている。ピンクとオレンジの中間色のみをパパラチアと呼び、その意味は蓮の花を示す。

「幻のサファイア、サファイアの女王。呼び方はいろいろあるけれど、オレンジがかったピンク色は絶妙な色加減で美しいよね。あったかくて慈愛を感じさせてくれる」

しずく型の石は小粒ながらも存在感があった。目に見える内包物もなく透明感があり、その美しさに息を呑んだ。

許可を得てから指に嵌める。サイズは凪紗の左手の中指にぴったりだった。

「可愛い……」

――このオレンジピンク色、肌馴染みもすごくいい。イエローゴールドの地金もぴったり。

まさしく自分のために作られたのでは? と勘違いしそうになるほどサイズも見た目もしっくりきた。これぞ運命の出会いかもしれない。

「これ、18金ですよね。石は0・3~4カラット? ほどだと思いますが、お値段おいくらくらいですか……?」

ダイヤモンドなどの飾りもなく、パパラチアサファイアとゴールドのみで作られたリングだ。シンプルながらも宝石の魅力が最大限に引き出されている。

――メレダイヤも使ってないし、石と金とデザイン代ともろもろでいくらだろう……。

「ん～社割を使ってこれくらいかな」

翠川が電卓を叩く。その数字は凪紗の毎月の手取りの半分以下だった。

「え！　本当に？　安くないですか!?」

一般的に十万円以上するものを安いとは言わないが、宝石は別だ。目が肥えてくると宝石の相場と価値がわかってくる。大分安く設定されているだろう。

「少し色をつけさせてもらいました。僕からの応援ってことで」

「ええ……!?　そんな、悠斗さんのファンに聞かれたらぼこぼこにされそう！」

社員割引は通常二割だが、今回は四割近く引いてくれているだろう。破格の値段すぎた。

「ぼこぼこって大げさな。それにサファイアは凪紗ちゃんの誕生石でしょう？　今年の誕生日にどう？」

王道のブルーサファイアのリングは持っているが、パパラチアサファイアははじめて。自分の誕生石なのを思い出すと、ますます魅力的で特別に見えてきた。

――理性が……理性が揺さぶられてしまう！

予算よりは少々高いが、それでも破格の値段で翠川のリングが買える。しかも一目で気に入った宝石とデザインとくれば断る理由がない。

——それにジュエリーは浪費じゃなくて資産だものね。

金の含有量が多ければそれだけで価値があるだろう。そして希少石の場合、万が一売ることになったとしてもゼロ円にはならないはずだ。

まだ今年は半分しか経過していないが、残りの半年も頑張ろうという気持ちも込めたらいいのではないか。

一年のご褒美も含めて考えると、凪紗の購買欲がギュンと刺激された。

「これをお迎えしなかったら絶対後悔する……買います！　ぜひ私に売ってください」

「はーい、毎度アリ」

翌月の給料から天引きするかこの場で購入するかと確認され、凪紗はクレジットカードでの購入を選んだ。大きな買い物ならできるだけカードのポイントを貯めさせてもらいたい。

「いいよ。じゃあ僕がラッピングしてあげるから少し待ってて。パパラチアちゃんのお嫁入りがこんなに早く来るとは思わなかったけれど、出来上がった後に凪紗ちゃんにぴったりだなって思ってたんだよね。気に入ってもらえてうれしいよ」

「ありがとうございます。一生物の家宝にします！」

「あはは、大げさだな～。でもありがとう。作った甲斐がありました」

——悠斗さんがギフトラッピングまでしてくれるなんて……レアな体験だわ。

いつもは自分でしている仕事だが、誰かにしてもらえるとワクワクする。

翠川は四角いギフトボックスに手際よくリボンを巻いた。左右対称で完璧な美しさだ。

今夜リボンを解《ほど》く瞬間も最高にドキドキするだろう。

——素敵なジュエリーを購入した後の高揚感って癖になりそう。

危険な癖だが、それを励みに頑張って仕事をするのもよさそうだ。

「はい、どうぞ。可愛がってね」

「もちろんです、ありがとうございました。最高のお守りをゲットできた気分です。これを身につけていたらめちゃくちゃ恋愛運がアップしそう」

「気合いを入れるのはいいけれど、変に入れすぎてマッチングアプリとか相席居酒屋とかに行くのはやめてね。君はまだ世間知らずのお嬢様なところがあるからさ」

「そんなことはないですよ。別にお嬢様育ちではないですし。ちょっと家が厳しくて特殊な環境だったってだけで、贅沢とは無縁でしたから」

「金銭感覚はしっかりしてても十分箱入り娘でしょう。東京に来るまでまともにスマホを弄《いじ》ったこともなくて、ネットの使用も制限されていたっていうのも驚いたよ」

一応スマホは持たされていたが、連絡ツールとしてしか使用が許可されなかったのだ。

すべて監視されているものとして使用していたため、ＳＮＳのアカウントも持っていなかった。

「それは確かに……その節はお世話になりました。でも今はあの頃と比べたら逞《たくま》しくなったと思いますよ。いや、図々しくなったのかも？」

多少のことでは動じなくなってきた。すべてが新鮮で戸惑いばかりだった上京一年目と比べたら、東京での暮らしにも大分馴染んでいる。

店の宣伝用のＳＮＳは同僚に任せているが、ネットリテラシーも積極的に学んでいた。一応実家から逃亡している身なので、写真などは一切投稿していない。ＳＮＳは見る専門である。

「アプリとか相席居酒屋とかは怖いので手を出しません。安心してください」

「普通の飲み屋で意気投合した見知らぬ男性と連絡先を交換というのもダメだからね」

「ええ、それは過保護すぎません？　私今年で二十九ですよ？」

「君は慎重なくせに変なところで度胸がありそうだから、お兄さんは心配なのですよ」

――そうかな？　ただの小心者だと思うんだけど。

無鉄砲に東京に逃げてきたことを言っているのだろうか。無計画ではあったが、幸い頼れる友人のおかげで翠川と知り合い、職と住まいを得ることができた。

あのとき行動した甲斐があって今の自分がいる。

家の言いなりになっていた自分と比べたら、凪紗は断然今の方が好きだ。

「私、恋愛とか初心者すぎるので、気になる人ができても自分からどうアプローチしていいかわからないまま終わりそうですが」

「当たって砕けろっていうタイプじゃないものね。気になる人ができたら僕に相談してよ。ヤバそうな相手だったら好きになる前に助言するから」

一般的に職場の上司に恋愛相談をするのは気が引けるが、翠川なら気兼ねなくできる気がした。普段からプライベートの相談もしているからだろうか。

「結婚詐欺に遭わずに済みそうで助かります。でも誰とも出会わなかったら一生この店で雇ってくださいね」

「そうならない未来に一万ペソ」

「ペソっていくらでしたっけ」

「今の為替はわからないな。まあ、君はそのうち運命の相手と巡り合うと思うよ」

なんとなく予言めいた口調に思えたが、凪紗は「だといいですけど」と曖昧に返す。きっと励ましてくれているのだろう。

軽口を叩きながら翠川に礼を告げて店を後にした。

トートバッグに入れたリングを意識しながら、凪紗は東京の空を見上げる。

「今日も星は見えないな」

排気ガスで汚染された空気は綺麗ではないのに、東京の空の下は居心地がいい。

道を歩いていても誰も凪紗を気にしない。隣近所に誰が住んでいるのかもわからない。東京に住んでいる人たちはいい意味で無関心だ。常に周囲の目を気にしながら生きることを強要されてきたあの頃と比べたら、断然呼吸がしやすい。

「……そうだ。美容院も予約しておこうかな」

髪の毛を染め直してトリートメントもしよう。外見を整えると自己肯定感が上がる。綺麗でいるのもオシャレをするのも、誰かのためではなくて自分のため。なにかをはじめるのはワクワクする。それがささやかな一歩だとしても、ポジティブな気持ちになれるなら積極的にやっていきたい。

行動した結果、いいご縁に恵まれなかったらそれでいい。結婚がすべてではないのだから。だがやるなら期間を決めてやれるだけやってみたい。

占い結果は凪紗に変化のきっかけを与えてくれた。

——誰とも巡り合わなかったら、私は私のためだけに生きていこう。

翠川に雇用の継続をお願いしておいた。彼が店を続ける限り、路頭に迷うことはない。

電車に揺られながら、凪紗は次の休みに美容院の予約を入れた。

◆◆◆

婚活宣言をしてから一週間が経過した。美容院で髪を染め直しトリートメントもしてもらったが、本格的な梅雨が凪紗のテンションを下げている。

「今年の梅雨はいつ終わるんですかね……」

六月の天気は変わりやすい。予報にないゲリラ豪雨も発生し、帰宅時間には空に雷が走ることもある。

この日は朝からどんよりした空模様だった。

幸い雨は降っていないが、すっきりしない天気は体調にも影響する。髪もまとまりがなくなるため、ヘアクリップでまとめていた。

「終わるときはいつもいきなり終わるよね。それで急に暑くなって真夏日がくるんだよ」

翠川は凪紗以上にげっそりした面持ちになった。彼も夏の猛暑が苦手なのだ。

「そのうち日本から四季は消えるんだろうね。夏と冬しか残らないかも」

「春と秋が短いなんて嫌すぎます。一番過ごしやすい季節なのに」

新作のジュエリーを撮影しながら世間話をする。この日は予約の客しか訪れなかった。

閉店時間の十九時まで残り十分。天気が悪い日はふらりと店に立ち寄る人も減少する。

「あ、そうだ。多分そろそろひとりお客さんが来ると思うから、閉店するのはもう少し待っててね」

「予約のお客様ですか？」

平日の仕事帰りに立ち寄る人は珍しくない。

「うん、僕の学生時代からの友人なんだけど。修理に出していた時計を取りに来るって急に連絡が入ってさ」

ここは元々時計店でジュエリーは一部しか扱っていなかったが、翠川の代でジュエリーがメインになった。規模は縮小されてはいるが、完全に店から時計がなくなったわけではない。

翠川の祖父は店を孫に譲った後も現役で時計の修理を請け負っており、古くからの馴染みの客は未だに通い続けている。

「じゃあ私はお邪魔ですよね。積もる話もあるでしょうから」

「ううん、そんなことはないよ。急ぎの用事がなければ見学していきなよ。じいさんが修理した時計を見せてもらえたら面白いと思う。……あ、来たね」

エントランスドアが開いた。現れたのは長身で体格のいい男だった。

――うわ……迫力のある美男子……！

思わず息を呑んだ。

仕立てのいいスーツを着こなした黒髪の男だ。普通のサラリーマンと呼ぶには違和感がある。上に立つ者の特有な貫禄《かんろく》が滲み出ている。

「いらっしゃい、壱弥《いちや》」

「っ！　いらっしゃいませ」

凪紗は平常心を装いながら頭を下げた。普段から身なりのいい客を相手にしているが、見惚れそうになったのははじめてだ。左右対称の美貌を持った男を間近で拝めることはほとんどない。翠川とは違った系統の美男子だった。

――悠斗さんの学生時代からの友人ってことは多分同年代よね。三十二歳くらい？

「こんばんは」と挨拶をされて、凪紗の心臓が小さく音を立てた。柔らかなテノールの翠川の声よりも低音で、腰に響くような美声だ。

――見た目だけじゃなくて声まで素敵とか、天は二物を与えすぎでは……。

今の自分は顔が赤くないだろうか。背中から変な汗が流れそうだ。

「今ちょうどお前の話をしてたんだよ。あ、凪紗ちゃん。外の看板を片付けてもらっていい？」

「はい、すぐに」

現れた客人の対応は翠川に任せて、凪紗は入口の看板を片付ける。エントランスドアにかけられているプレートをＣＬＯＳＥＤに変えて、店内を覗けないようにブラインドを下ろした。

「こいつが僕の高校と大学の同級生で鷹月《たかつき》壱弥。彼女はうちの従業員の澄桜凪紗さん」

「はじめまして」

笑うと威圧感が薄れて親しみやすくなる。凪紗はふたたび頭を下げて挨拶を返した。

「はじめまして、鷹月様。澄桜です」

「凪紗ちゃん、こいつ相手にそんな畏《かしこ》まらなくていいから。客だけど客じゃないし」

「どっちだ」

気安い雰囲気につられて笑いそうになる。壱弥からも「様はいらない」と言われ、凪紗は恐縮しつつ頷いた。

「それでこちらがじいさんから預かった時計です。確認してもらっていい？」

「ああ、ありがとう」

壱弥は箱に入れられた時計を取り出した。現れたのは鎖がついたアンティークの懐中時計だった。

「うわあ、素敵ですね……てっきり腕時計かと思ってました」

「うん、これは年代物の懐中時計だよ。凪紗ちゃんも好きでしょう？」

「はい、大好きです」

カウンター越しにじっくり眺めさせてもらう。黒と金の機械式の懐中時計だ。延々と歯車が回転するのを眺めていたくなるほど繊細だ。

「美しいですね……宇宙みたい」

「宇宙？」

「時計や歯車の中って、宇宙が閉じ込められているような感覚になりません？　鉱物の内包物を見ているときも同じような気持ちになりますが」

「だよね、わかる。時計と石には宇宙に通じる神秘が閉じ込められているんだよ。ロマンだよね～」

うんうん、と翠川が頷いている。

元々石の魅力を凪紗に教えたのは翠川だ。価値観が近くなるのは当然だろう。

「三度の飯より石が好きな変態は悠斗くらいだと思っていたが、澄桜さんも素質があるらしいな」

「いえ、私は悠斗さんほどではありませんからね？　ご飯の方が好きですよ。それに悠斗さんの熱意には敵いません」

だが石や時計を眺めるのは好きだ。魅力を語りだせばきりがない。

「せっかく店に寄ったんだから、壱弥も僕の新作を見てってよ。ちなみに今凪紗ちゃんがつけているのは先日彼女が購入してくれたパパラチアちゃんだよ」

「お前は相変わらず石をちゃん付けで呼んでいるのか」

「お客さんの前では自重してます」

――いえ、たまに忘れてますよ。

ツッコミは心の中にひっそりとしまっておいた。翠川の石愛は常連なら誰もが知っていることだ。

「従業員に対してもちゃん呼びは馴れ馴れしいんじゃないか。澄桜さん、嫌なら嫌だと言っていいんだぞ。パワハラで困っているなら助けになろう」

「え？　いいえ、大丈夫です！　名前で呼んでほしいとお願いしたのは私の方なので」

実家を思い出すためあまり苗字で呼ばれたくない。働き始めた頃にお願いしたのは凪紗の方だ。

「凪紗さんって呼びにくいから、ちゃん付けでOKになったんだよね」

トレイで新作のジュエリーを運びながら翠川が戻ってきた。

壱弥は微妙な顔つきになった。

「つまりセクハラでもパワハラでもないと」

「そういうこと。うちは個人の意思を尊重しているだけですよ、壱弥クン」

凪紗も頷き返す。翠川からなにかハラスメントを受けたことはないと主張した。

「それならいいが。では凪紗ちゃん」

「っ！　は、はい？」

「俺にも君の指輪を見せてもらっても？」

「もちろんです！　どうぞ……」

急に翠川と同じように名前を呼ばれて声が裏返りそうになった。ドキドキした心臓を宥《なだ》めながら左手の中指に嵌めた指輪を外そうとした。

だがそれよりも早く壱弥が凪紗の左手を取った。

「え……」

自分の右手に凪紗の左手を重ねる。

指輪を嵌めたままじっくり観察されて、じわじわと顔に熱が上がってきた。

「うん、いい色味をしているな。小粒だが透明感もあり、オレンジがかったピンク色が白い肌によく馴染《なじ》んでいる」

「……っ」

突然の接触と指輪の褒め言葉を聞かされて、凪紗は咄嗟《とっさ》に声が出ない。じんわりと手に汗をかきそうだ。

——なんだろう、この状況。これは初対面の距離感でいいのかしら……！

だが翠川が止めに入らないということは、彼は危険人物ではないということ。下心のある相手が接触してきたら、すかさず翠川が止めに入るはずだ。

恐らく壱弥は天然なのかもしれない。他意はないのだろうと理解した。

「シンプルながらも繊細なデザインで実に君によく似合っている。性格の癖は強いが、作り出すものは美しいな」

「ねえ、僕のことはもっと素直に褒めてくれていいんだけど？　あといつまで凪紗ちゃんの手を握ってるの」

「ああ、すまない。見せてくれてありがとう」

壱弥は柔らかな微笑を浮かべた。心の奥まで見透かすような目をしているが、目尻が下がると印象が変わる。

「いえ、あの、こちらこそ……」

褒めてもらえてうれしいやらむず痒いやら。

接客業を生業《なりわい》にしているが、これほどまでに動揺したのははじめてかもしれない。

――悠斗さんは同じ趣味の仲間って感じだから忘れていたけれど、ふたりが並ぶとここだけ空気が違う気がする。顔がよすぎる……。

新作のジュエリーを堪能しながら翠川の海外出張や壱弥の近況などを聞いていたら、気づくと一時間近く経過していた。

「お腹減ったね。出前でも頼んじゃおうか。僕が驕《おご》るよ、なにがいい？」

翠川がスマホで出前をオーダーすると言う。いつもなら遠慮するところだが、もう少しだけふたりの話を聞いてみたくなった。

「タイ出張の話をしてたらタイ料理が食べたくなっちゃった。ふたりはどうする？　ピザとかがいい？」

「俺はなんでも構わないが」

「ありがとうございます。私もタイ料理好きです。あまり辛すぎなければ」

パクチーも苦手ではない。地元にいた頃はほぼ和食しか食べない生活だったが、東京に住み始めてから凪紗は積極的に新しい食を楽しむようにしている。

翠川はそれぞれの要望を確認し、スマホでデリバリーを頼んだ。三十分ほどで到着し、凪紗は蒸し鶏のカオマンガイを堪能する。

店内の応接室で夕食を食べ終わる頃にはすっかり壱弥とも打ち解けた。

学生時代の翠川との思い出話を楽しく聞いていたが、時刻はあっという間に二十二時になろうとしていた。

「私はこの辺で失礼しますね。悠斗さん、ごちそうさまでした」

「あ、ちょっと待って。なんか雨がすごいみたい。電車が遅延してるかも」

「確かに雨は降っていたが、局地的な豪雨でも発生しているのか？」

それぞれスマホで確認する。凪紗の自宅方面は豪雨の影響で電車が遅延していた。

地下鉄のホームが浸水。マンホールから水が噴き出す動画がＳＮＳに流れている。

「え、ええ……まさかこんな状況になっていたとは……」

急にゴロゴロと雷の音が響いてきた。この季節は特に天気が変わりやすい。タイミングを逃すと帰宅するのもままならない。

「壱弥に送ってもらったら？　車で来てるんでしょう？」

「それはもちろん構わない。この状況じゃタクシーも捕まらないだろう」

「でもご迷惑では……」

「むしろひとりで帰らせる方が心配だ。君さえ嫌でなければ送らせてほしい」

凪紗の胸がそわっとした。紳士的に懇願されたことなど今まで一度もない。

ちらりと翠川を窺《うかが》う。

彼の顔には、人の厚意には素直に甘えた方がいいと書かれていた。

「では、お言葉に甘えて……すみませんが、よろしくお願いします」

「ああ、安全運転で届けよう」

手早く帰り支度を済ませて壱弥の元へ向かった。初対面の相手の車に乗るなど普通ならしないが、翠川の長年の友人というのが凪紗の警戒心を薄れさせる。

――でも密室にふたりきりというのは緊張するかもしれない。鷹月さん、話しやすいけど美形だからな……。

具体的な企業名は聞いていないが、見るからに大企業に勤めていそうだ。もしくは経営者かもしれない。一般人とは違ったオーラを放っている。

「こっちの方は雨が止んでいるが、君の自宅方面はど真ん中だな」

「ですね……ちょっと不安になってきました」

車内は芳香剤よりも革の匂いが強い。凪紗でも見たことのあるエンブレムはどこの海外メーカーのものだったか。

――絶対高級車だわ……本当、鷹月さんって何者？

座り心地がよすぎて緊張する。借りてきた猫のように大人しくしていると、壱弥が小さく笑った。

「自宅のようにとは言わないが、もっとリラックスしていいんだぞ」

「いえ、そんな……」

「そんなに緊張していたら疲れるだろう。悠斗とは普段から気安く喋っているんじゃないのか？」

「はい、そうですね……悠斗さんは初対面の人の懐《ふところ》にもするっと入り込める不思議な人ですから。打ち解けるのも早かったと思います」

「それなら俺も同じ扱いがいい。なんなら悠斗みたいに壱弥と呼んでもらっても構わないが」

「それはちょっと馴れ馴れしくないですか？」

「許可しているのは俺なのに？」

車内に響く声が心地いい。ほんのり笑った気配を感じて、凪紗は意識的に心臓を落ち着かせようとした。

――美形の免疫がないからすぐにドキッとするのかも。もっと異性に慣れないと。

恋人を作るどころではない。結婚詐欺にも気を付けた方がいいだろう。

「では、えっと壱弥さん。次の信号を右に曲がった方が近道です」

「了解」

雨足がどんどん強まっていく。ワイパーがフロントガラスを撫でているが、その頻度も次第に高まっていった。

――雨、思った以上に激しいんだけど……大丈夫かな。

ゴロゴロと頻繁に雷の音もする。停電になったりしないだろうか。

「自宅周辺は大丈夫か？」

雨の影響を受けていないか心配しているのだろう。

「実は私も心配です。停電になっていないといいんですが……あ、今管理会社からメールが」

こんな時間に連絡がくることなど滅多にない。慌てて確認すると、数枚の写真が添付されていた。

「ええ……！　マンションが浸水!?」

「どうした？　一階が浸水しているのか？」

赤信号になったと同時に壱弥にスマホを見せる。

近くのマンホールから水が溢れて排水が追い付いていないらしい。マンションの一階にまで雨水が入り込み、エレベーターは使用不可。そして一階の住人はしばらく避難するようにと書かれていた。

「まさかと思うが、凪紗の部屋は」

店にいる間は「凪紗ちゃん」と呼ばれていたが、急に呼び捨てにされてドキッとする。一気に距離が近づいたようだ。打ち解けた証なのかもしれない。

凪紗は恐る恐る返答する。

「……一階です」

「……」

信号が青に変わるまで思わず顔を見合わせてしまった。壱弥の渋面から彼がなにを言いたいのかはっきり伝わってくる。

「あの、一応弁明をさせてください！　ちゃんとセキュリティも確認したうえで一階でも大丈夫だと判断しましたからね？　監視カメラがついていて二重窓で鍵も頑丈。無理に開けようとするとセキュリティに通報が行くようになっていますし、外からは簡単に侵入できないようになってますから！　あとハザードマップ的にも大丈夫だと不動産会社に言われていて、前の住人も女性だったそうです」

外からは覗けないように柵で囲われており、ちょっとした庭もついている。凪紗はプランターを置いてハーブを育てていた。

一階のため少々湿度を感じやすいところが難点だったが、それ以外では不満や不安はなかった。

「でもまさか浸水するとは……」

「落ち着こうか。不測の事態は誰にだって起こりえる」

壱弥は車を路肩に停めた。ハザードランプをつけて停車する。

「部屋の状態も確認したいだろうが、迂闊《うかつ》に入らない方がいいな。感電する可能性も考えられる。安全上このまま部屋に帰らせることはできない」

「う……はい、そうですね」

雨が止み次第、管理会社が後始末とクリーニングに対応すると書かれているが、今夜はどこかで泊まるしかない。

――店に戻っても迷惑をかけるし、近くのホテルってすぐにとれるかな。

今夜は帰宅難民が多そうだ。どこのホテルもいっぱいだろう。

「とりあえず近場のホテルの空き状況を確認してみます。満室だったら適当にネットカフェか漫画喫茶とか……あ、私のことは自分でなんとかするので、壱弥さんはお帰りいただいて大丈夫ですよ」

シートベルトを外そうとしたが、運転席から手が伸びた。

「待て、ここで車から降ろすとか鬼だろう。帰れないならうちに来ればいい」

「はい？」

思わぬ提案を受けて目を丸くさせた。

うちにとは、壱弥の部屋で合っているだろうか。

「壱弥さんのご自宅ですか？　さすがに迷惑が過ぎるんじゃ……」

「迷惑だったら誘っていない。それにゲストルームがあるから俺に気を遣わなくていいし扉には鍵もかかる」

――ゲストルームって、一戸建てなのかな？

独り身で戸建てに住むだろうか。壱弥の謎が深まっていく。

「戸建てのおうちですか？」

「いいや、マンションに一人暮らしだ」

「私がお邪魔することで迷惑をかける人はいませんか？　その、壱弥さんの恋人とか」

いないはずがないだろう。なにせこれだけ美形なのだから。

「そんな心配は無用だ。恋人がいたら相手にも許可を取っている」

「……壱弥さんも悠斗さんと同じく仕事が恋人なんですか？」

つい好奇心から口を挟んでしまった。壱弥は嫌そうに眉を顰《ひそ》めた。

「あの変人と一緒にはされたくないな。俺は仕事は仕事で割り切っている。恋人がいないのは単純に縁がなかったから」

――こんなにイケメンなのに、ご縁がないなんてこともあるのね？

思わず感心しそうになった。

黙って立っているだけで美女がわらわらと近づいてきそうだが、壱弥は硬派なのかもしれない。

「頼れる友人や恋人はいないんだろう？」と確認されて、凪紗はつい頷いてしまった。

「ならば問題ないな。行くぞ」

車が滑らかに走り出す。

いろいろと予想外すぎて、まだ状況がうまく飲み込めていない。

初対面の男性の家に寝泊まりするなど、常識的に考えたらありえないことだ。翠川の友人なら信頼のおける相手だろうが。

――でも、なんでだろう。ここで断ったら後悔するかもしれない。

意地を張って拒絶したら胸の奥がざわつきそうだ。こんなとき、凪紗は自分の直感に従うようにしていた。

――恋人はいなくても女性に苦労はしていないように見えるし、恋愛対象が女性とも限らないものね。下手に考えすぎない方がいいかな。

「すみません、それではお世話になります。宿代はおいくらでしょうか？」

「金をとるはずがないだろう。財布はしまいなさい」

壱弥は運転しながら噴き出した。何故前しか見ていないのにバッグから財布を取り出そうとしたのがわかったのだろう。

「なにも遠慮せずに寛《くつろ》げと言っても難しいなら、明日の朝ご飯でも作ってもらおうか」

「そんなことでいいんですか？　作ります！　任せてください。朝はパン派ですか？　和食がいいですか？」

「こだわりはないからどっちでも。ああ、でも食材はなにが入っていたか」

——自炊されるのかな。まあ、一人暮らしならなにかしら作るよね。

「帰る前にスーパーに寄って行こうか。まだ開いているところがある」

凪紗も急なお泊まりグッズがほしいので、その申し出に頷いた。

——あ、雨雲が遠ざかっていく。

フロントガラスを打ち付ける雨はいつの間にか弱まっていた。

第二章

壱弥の車が到着したのは都内の一等地だった。

静かな住宅街にある五階建ての低層マンションにはゲートが設置されており、中はホテルのエントランスのように広々としている。

「お帰りなさいませ、鷹月さま」

――コンシェルジュ付きのマンション……！　本当にホテルみたい。

居住者の名前を全員把握しているのだろう。壱弥が挨拶を交わす後ろで、凪紗もペコリと会釈した。

――外界と隔絶されているようだわ。

マンションのロビーからは道路が見えないように工夫されている。一階は居住者専用のジムとラウンジに、シアタールームなどがあるそうだ。

「まあ、さほど大きくはないが、ないよりマシという程度だな」

「あまり利用されないのですか？」

「ジムは別のところと契約しているし、映画を観たいなら自宅の方が寛げる」

エレベーターに乗り込むと、壱弥はカードキーを差し込んだ。居住しているフロアにしか停まれないようになっているようだ。

厳重なセキュリティに感心しながら部屋へ案内された。壱弥の住まいは最上階の角部屋で、このフロアには二部屋しか存在しないとか。

「ではお隣さんに遭遇することって」

「ほとんどないな。住んでいるのかもわからない。さあ、どうぞ」

「お、お邪魔します……オシャレですね」

玄関の壁紙は一般的な白ではなかった。シックでモダンなインテリアからは生活感が感じられず、モデルハウスのようである。

——男性の一人暮らしとはとても思えないんですが。玄関だけでもいい匂いがするような……。

「この部屋だ。定期的に掃除もされているから安心していい」

ゲストルームに案内されたが、そこも凪紗の想像を上回っていた。

広々とした部屋にはバスルームが隣接されており、まさにホテルの一室と同じだ。彼が言った通り気兼ねなく滞在できる部屋だった。

「ありがとうございます。一晩お世話になります」

「自宅のように寛いでくれ。リビングはこっちで、キッチンはここ」

リビングの高い天井と広々とした空間は豪邸と呼ぶにふさわしい。

インテリアはプロがコーディネートしたのだろうか。色も質感も統一されており、ごちゃついた印象が一切ない。

「あの、本当にここにおひとりで……？　寂しくありませんか？」

「ペットでもいたらいいんだが、忙しくて構える余裕がないからな。代わりに観葉植物を愛でている」

背丈が大きいものや小さめのものなど、サイズも種類もバラバラだ。

ねじれた幹が印象的なパキラと葉っぱの切込みが特徴的なモンステラは、観葉植物に詳しくない凪紗でもわかった。

――モダンなインテリアの中に緑のものが入ると無機質さが軽減されてオシャレだわ。

「この森っぽさのあるわさわさした木はなんですか？」

「わさわさ……それはフィカスだ。フィカス・ウンベラータだったか。ハート形の葉っぱが印象的で可愛いだろう？」

壱弥が笑いをこらえながら説明した。ハート形が可愛いと発言したのが少々意外だ。

「はい、素敵ですね。部屋の中にいながら緑を感じられるのは癒されますね」

凪紗は枯らさないかが心配で、なかなか観葉植物には手が出せない。土に虫が混じっていたら嫌だな、という気持ちもある。

「水やりのタイミングに気を付けていれば簡単には枯れない。帰宅したら葉の状態を確認するのが癖になっているな」

壱弥はパキラの葉をそっと撫でた。優しい手つきと微笑を見て、彼はきっと愛情深い人なのだろうと察する。

――悠斗さんのように面倒見がいいんだろうなって思ったけれど、情が深い人でもあるのね。

ペットを飼い始めたらたっぷり甘やかしそうだ。ついそんな想像をして微笑んでいたが、翠川のことを思い出してハッとする。

「そうだ。悠斗さんにも連絡しておかないと」

「確か明日は一日休みなんだろう？　一旦部屋の様子を見に行くとして、掃除には数日かかるだろうな。休めるなら休んだ方がいい」

――タイミングよく明日が休みでよかったけれど、予想外の大掃除か……。

「そうですね。マンションの状況次第でお休みが取れるか相談してみます」

「ああ、今夜は疲れただろうからお風呂に入ってゆっくり休んだらいい。水や飲み物は冷蔵庫にボトルが入っている。常温が良ければこっちのパントリーに。タオル類はバスルームの棚に置いてあるから好きに使って。他に必要なものは？」

「多分ないと思います、大丈夫です。いろいろとありがとうございました。えっと、おやすみなさい」

「ああ、おやすみ」

凪紗がリビングにいたら壱弥も休めないだろう。早々に挨拶をして、案内された客室にこもった。

扉を閉めて、そっと息を吐く。なんだか胸の奥が落ち着かない。

──この状況は一体なにかしら……あ、この部屋もいい匂いがする。

自分の部屋とは違う香りがより凪紗の胸をドキドキさせる。

ユニットバスにお湯を張り、スーパーで買ってきた入浴剤を注いだ。

「目まぐるしい一日だったな……」

身体を温めながら今日の出来事を振り返る。初対面の男性の家に泊まるなど、冷静に考えると大胆すぎて自分らしくない。

──いつもならあり得ないけれど、悠斗さんのご友人だし怪しい人じゃないし、変に意識する方が失礼よね。

そう思いながらも、どうしてもひとつ屋根の下にいる壱弥を意識しそうだ。

洗面台に置いたパパラチアサファイアのリングを思い出す。壱弥に手を取られてじっくり眺められたことまで思い出してしまい、心臓がドキッと跳ねた。

――恋愛運向上のためのお守りとして買ったけれど、まさか本当にお守りの効果があるんじゃ……あんな風に男性に手を取られたり、いきなり部屋に泊めてもらったりなんて運命の悪戯としか思えない。

占い師に言われたのは、年末までに出会う男性が運命の相手かもしれないということ。少しでも惹かれた男性との縁を大事にするようにとアドバイスされた。

まだ占いを受けてからひと月も経過していない。こんなに早く新しい異性との出会いがあるとは思ってもいなかった。

――でも壱弥さんが私の運命の相手と決まったわけじゃないから！　そんなことを考えるのはおこがましいわよね。

相手のスペックが高すぎる。自分が彼と釣り合うとは思えない。

それに壱弥からまったく厚意以上のものは感じていないのだ。

「……やめよう、余計なことを考えるのは」

変な緊張がぶり返すかもしれない。一晩の宿を提供してもらっただけで、明日が来ればもう会うこともないだろう。

――明日の朝ご飯のことを考えよう。お味噌汁の具材は定番のわかめと豆腐か、油揚げとなめこもいいよね。卵は目玉焼きか玉子焼きか……出汁巻き用の出汁はあるのかな。調味料が足りなかったらオムレツという手も。

「うう……、ちょっと長湯したかも……」

ふらふらしながらコンビニで購入した下着を身につける。スーパーの後にコンビニにも寄っておいてよかった。

――でもパジャマまでは売ってなかったから寝間着をお借りしてしまったわ……。

壱弥のTシャツだ。新品だから匂いはついてないと言われたが、後日新しいシャツをお返ししたい。

膝上まであるTシャツを着て髪を乾かす。そのまま眠気に抗うことなく、寝心地のいいベッドに身体を横たえた。

翌朝、凪紗は張り切って朝食を作りダイニングテーブルに並べた。

なめこと豆腐の味噌汁、小松菜と油揚げの煮びたし、大根おろしとしらす干しに、出汁をたっぷり含んだ玉子焼き。魚焼きグリルの中では鮭の切り身が出番を待っている。

米が炊けたタイミングで壱弥がリビングに現れた。

「おはようございます、壱弥さん」

「おはよう……驚いた。朝食を作ってほしいとは言ったが、ここまでしっかりしたものが出てくるとは思わなかった」

　どことなくぼんやりしているのは寝起きだからだろう。ラフな格好をしていると数歳若返って見える。

　――朝が弱いのかも。低血圧なのかな？

　土曜日の朝ならもう少し寝ていたかったかもしれない。凪紗は六時には目が覚めてしまい、簡単にメイクをして着替えも済ませている。

　昨日一日着用した服を着るのは少々抵抗があるが仕方ない。化粧直しのポーチを鞄に入れておいてよかった。

「もうすぐ鮭が焼けますので、座っててください。お水の他になにか飲みますか？」

「ああ……いや、俺がやろう。凪紗はコーヒーと紅茶、どっちがいい？」

「では壱弥さんと同じものをいただきます」

「ん、わかった」

　広々としたキッチンは大人ふたりが並んでも窮屈にはならない。壱弥はキッチンの戸棚からコーヒー豆を取り出し、手動式のコーヒーミルで豆を挽き始めた。

　香ばしいコーヒー豆の香りが漂ってきた。ガリゴリとしたリズミカルな音が心地よく響く。

　魚焼きグリルから鮭を取り出し、味噌汁をよそう。テーブルセッティングが終わったところで壱弥が淹れたてのコーヒーをテーブルに置いた。

「砂糖とミルクはいるか？」

「いいえ、このままで大丈夫です。ありがとうございます、いい香りですね。壱弥さんは毎朝豆からコーヒーを淹れてるんですか？」

「そうだな、モーニングルーティンになっている。恥ずかしながらあまり朝が得意ではなくて、コーヒー豆を挽きながら目を覚ましている」

――言われてみればさっきまでのぼんやり感が抜けているかも。

まだ眠たいのかと思っていたが、いつの間にかスッキリした顔つきになっていた。弱点などひとつもなさそうな男が実は朝が弱いというのは、ギャップを感じるかもしれない。

――って、私はなにを考えているの。

「えっと、ご飯もよそってきますね。壱弥さんはどのくらい食べられますか？　適当で大丈夫ですか？」

「うん、ありがとう」

誰かに手料理を食べさせるなどはじめてだ。

凪紗は壱弥と向かい合わせに座り、彼が食べるのをじっと見守る。

「い、いかがでしょうか……お味噌汁は薄いですか？　濃いですか？　まずかったら遠慮なくまずいって言ってくださいね」

「作ってもらってそんなことを言うはずないだろう。心配しなくてもおいしいし、味の濃さもちょうどいい」

「よかったです。よく考えてみたら、手料理を誰かに食べさせるのってはじめてだったので緊張しました。玉子焼きも作った後に、甘い方が好みだったんじゃないかとか」

「甘いのも嫌いではないが、出汁の方が好きだな」

今朝の玉子焼きは自信作だ。自分でも綺麗に巻けたと思っているし、味見をしたらちょうどいい味加減だった。

壱弥がスッと玉子焼きを半分に割った。箸の所作も食事の仕方も手本のように品がある。

「うん、うまい」

「よかったです、ありがとうございます」

「礼を言うのは俺の方だ。朝から大変だっただろう」

「いいえ、料理は好きですよ。でもひとりだとあまり作る気が起きないので、今朝は少し張り切りました」

壱弥が淹れたコーヒーに口をつける。香りも苦味もちょうどいい。ほんのりフルーティーな酸味があり味わい深い。

「喫茶店で飲むプロの味ですね！　おいしいです」

「口に合ったようでよかった。和食とコーヒーはミスマッチかと思ったが」

「いいえ、そんなことは。ありがたくいただきます」

流れる空気が優しい。知り合って二日目とは思えないほど凪紗は緊張感もなく壱弥との食事を楽しんでいた。

――以前から知っていたわけではないのに、なんだか不思議。私も人見知りというわけではないけれど、距離が縮まるまではそれなりに時間がかかるのに。

他愛のない会話をしていても気まずい空気はない。のんびりと朝食の時間を楽しんでいる。

「ごちそうさまでした。おいしかった」

「お粗末さまでした」

「食後もコーヒーでいいか？　他はダージリンとカモミールとルイボスがあるが」

「ではもう一杯、壱弥さんのコーヒーが飲みたいです」

「了解した」

食べ終わった食器の片付けは壱弥に任せることになった。食洗器があるので手洗いは不要だと言われたのだ。

作りすぎた煮びたしと余った味噌汁を冷蔵庫に入れた。手持ち無沙汰になった凪紗は壱弥のバリスタ姿を観察する。

「そんな風に眺められると緊張するな」

「物珍しくてつい。自宅だとインスタントのドリップコーヒーを淹れるだけなので……って、そうだ。マンション！」

スマホを確認する。管理会社からお詫びの続報は来ていたが写真はない。エレベーターの点検やクリーニングには時間がかかることが書かれていた。

「一階に入り込んだ水はなくなったようですが、確認が怖いですね……」

「悠斗からの連絡は入っていたか？」

「はい、今日は元々お休みでしたが明日も休んでいいとのことです。月曜日は定休日なので、この三日間でなんとかしたいところですね」

被害状況を確認してから今後のことを決めたい。

「コーヒー飲み終えたらマンションに行くか。俺もついて行こう」

「え？　壱弥さんも？　そんな、悪いのでいいですよ」

「俺も一体どんな状況になっているか気になる。それに男手があった方がなにかと便利だと思うぞ？」

「それは助かりますが……これ以上甘えるわけには」

「元々今日の予定は入っていない」と言われ、凪紗は黙り込んだ。断る口実が見つからない。

「では、お言葉に甘えて……ありがとうございます。あ、ゲストルームのシーツ類は剝《は》がしておきますね。洗濯機をお借りしてもよければ回しておきますが」

「そこまで気を回さなくて大丈夫だから。あと慌てて飲むと舌を火傷するぞ」

「あつっ！」

「ほら、言わんこっちゃない」

壱弥は冷蔵庫から冷えたミネラルウォーターを取り出した。グラスに注いで凪紗に渡す。

――なんて面倒見がいい……。

凪紗はありがたく冷たい水を頂戴した。


マンションの自室は残念な有様だった。予想通り室内まで浸水し、家財道具はドロドロ。床に敷いていたラグはぐっしょり濡れて、カーテンも水を含んで変色している。

「……次の家ではカーテンじゃなくてブラインドにしよう」

「次に一階に住まなければいいんじゃないか？」

壱弥の冷静なツッコミに頷いた。

凪紗は土足のまま室内に入り写真を撮影した。保険会社に提出するためにも、被害状況を記録しておく必要がある。

――自分の部屋に男性を招いたのははじめてなんだけど、恥ずかしいというより申し訳なさしかないわ。

脱ぎっぱなしの衣類は見当たらなかった。ベッドメイキングをしておいてよかったと安堵する。

「保険は下りるだろうが、このまま住み続けるのは厳しいな。家具を全部撤去して部屋をクリーニングしないといけないだろう」

「そうですね……とりあえず貴重品をまとめておきます」

幸いクローゼットの中は無事だった。スーツケースのキャスターが少し濡れている程度だ。

棚の上からナイロン製の大きなトートバッグも取り出し、貴重品を詰めていく。パスポートや通帳以外にも、凪紗のお宝であるジュエリーボックスや鉱物をバッグに入れた。

「ひとまず無事なものだけを詰めて、残りは捨てるものだけにしておこう」

「そうですね。スーツケースを広げるのも大変なんで、無事な衣類はゴミ袋に詰めておきます」

「ゴミ袋をシート代わりにしたらいいんじゃないか」

壱弥がてきぱきとハサミでゴミ袋に切れ目を入れて一枚のシートにした。その上にスーツケースを広げる。

手早く衣類やメイク道具などの必需品を詰め込んだ。これで一週間ほど不在でも困ることはないだろう。

滞在時間は一時間ほどだが、気力と体力がごっそり奪われた気分だ。

「管理会社からは今後についても連絡が来るだろう。写真を撮影できただけでもよかったな」

「はい、付き合ってくださってありがとうございました」

壱弥は凪紗のスーツケースとトートバッグを車のトランクに仕舞った。凪紗は言われるがまま助手席に座ったところでハッとする。

「あの、今すごくナチュラルに車に乗せられましたけど、壱弥さんとはここでお別れですよね？」

「何故だ？」

「何故って、もうこれ以上ご迷惑をおかけするのは申し訳ないですし、私はこれからホテル探しと不動産屋に行くべきかなと——」

——指輪を買っちゃったから、懐がすごく寒いけれど……。

保険が下りるにも時間はかかる。家財道具のほとんどを手放すため、しばらくはマンスリーマンションかシェアハウスにでも住んだ方がいいかもしれない。

ゴミの仕分けを考えると頭が痛くなりそうだ。水を含んだラグは粗大ゴミで出すしかないだろう。

「引っ越し先を見つけてもすぐに入居できるとは限らない。仮の住まいは必要だ」

「ええ、そうですね。しばらくはマンスリーマンションかシェアハウスか」

東京でできた友人は既婚者か実家暮らしだ。自力でなんとかするしかない。

――こういう不測の事態のときに遠慮なく頼れる人がいたら心強いけど……って、そんなことを考えても仕方ないわ。

なにごとも経験だ。シェアハウスというのもいい人生経験になるだろう。

「学生ならシェアハウスも楽しいだろうが、俺は君には向かないと思う」

「そうですか？」

「君は大人数でワイワイするよりも少人数で静かに過ごす方が好きだろう？　社交的な人間ならすぐに打ち解けられても、知らない人間に囲まれてラウンジで楽しく過ごせるようになるまで時間がかかるタイプだと思う。部屋は狭くてバストイレは共同でもストレスが溜まらないならいいが」

そもそも人気のシェアハウスは空きがないことが多い。日常的に刺激があって楽しめそうだが、刺激がありすぎたときは逃げ場がなさそうだ。

よさそうなところを調べるだけでも時間と気力が必要だ。入居してから人間関係で悩むなら、最初から選択肢から除外した方がいい。

「……確かに私には厳しい気がしますね」

そうだろう？　と言いたげに壱弥は頷いた。たった一日二日しか過ごしていないはずなのに、何故か自分の性格を把握されている。

——となると、マンスリーマンションかなぁ……。

東京で暮らすようになってから随分社交的になれたとは思っているが、凪紗は元々人付き合いが得意な方ではない。大人数でいるより少人数と静かに語り合う方が好きだ。

——壱弥さんは観察眼が鋭い方なのかな。

それとも翠川からなにか聞いていたのだろうか。彼は従業員の話を外部にするような人間ではないが。

「では家具付きのマンスリーマンションを」

「だから君はこのままうちに滞在したらいい」

「はい？」

思いがけない同居を提案されて、凪紗は目を瞬いた。

「しばらくあの部屋を使う人はいない。遠慮しなくていい」

「え、えっ!?　でもさすがに申し訳ないですよ」

「君が気を遣うと言うなら俺がしばらく実家に戻るが」

とんでもないことを提案された。凪紗は咄嗟に首を左右に振る。

「そんな、家主を追い出すなんてできません！」

「一日も二日も同じじゃないか？　それ以上の延長も」

運転席から優しく問いかけられた。柔らかな微笑を直視すると鼓動が跳ねる。

――断れる理由が見つからない……私の心臓は保《も》つかしら。

壱弥は昨日たまたま凪紗と関わっただけなのに、随分責任感が強いらしい。凪紗は頭を下げてありがたい提案を受け入れることにした。

「ありがとうございます、ご迷惑でなければご厚意に甘えさせてください」

「困ったときはお互い様だ。存分に甘えていい」

「なるべく早く部屋を探しますので、それまでは私のことを家政婦として扱っていただけたらと」

「……」

「壱弥さん？」

「腹が減ったな。昼飯はなにを食べようか」

話し合いは終わったと判断したのだろう。壱弥は車を発進させた。

「え、あの、壱弥さん？」

「朝が和食だったから昼は洋食かイタリアンか。中華もいいな」

――はぐらかされてしまったわ……。

家政婦云々は聞く気がないらしい。だがなにもせずに世話になるというわけにもいかない。

せめて同居生活のルールを決めてもらおう。凪紗は家主の意向にすべて従うつもりだ。

「昼飯を食べながらでも次はどうするかを考えようか。使い物にならなくなった家具の処分方法とうちに持ってきたいものの選別、それと引っ越し業者の見積もりと予約だな」

「はい」

「大型家具以外ならうちに持ってきても大丈夫だ。トランクルームが余っている」

「マンションにトランクルームまであるんですか？　すごいですね」

——わかっていたけどセレブすぎる……。

ますます壱弥の素性が気になってきた。だが本人が言わないことを自分から訊いてもいいのかがわからない。

——踏み込み過ぎるのはよくないわよね。人との距離感に気を付けないと。

なにか気になることがあれば翠川に尋ねるのもいいかもしれない。人の懐に入り込むのがうまい上司は時折凪紗に人付き合いの極意を教えてくれる。

「あ、悠斗さんから連絡が」

「ん？　なんだって？」

「うちにも部屋が余ってるよ、って」

「……あいつ俺たちの会話を聞いていたわけじゃないよな」

そんなはずはないがタイミングがよすぎる。

「その申し出は断るように」と念を押されて、凪紗は言われた通り返信した。

◆◆◆

引っ越しを終えて壱弥と同居を開始してから早三日が経過した。

日常が一変したことでしばらく慌ただしい日々を送っていたが、ようやく少しずつ新しい生活にも慣れてきた。

朝は六時半に起きて朝食を作り、壱弥とゆっくり食事とコーヒーを味わうのが日課になっている。

「毎朝食事を作るのは大変じゃないか？」

「いいえ、大丈夫です。そんなに凝ったものは作ってませんから」

今朝はトーストとスクランブルエッグ、サラダとウインナーだ。ヨーグルトには冷凍のブルーベリーを載せている。三十分もあれば出来上がるため負担にはなっていない。

「十分ちゃんとした朝食だと思うが」

壱弥は毎朝コーヒーしか飲んでいなかったらしい。凪紗と暮らし始めてから朝食をとるようになったとか。

「それで、凪紗はいつになったら俺に慣れるんだ？」

「え？」

壱弥から食後のコーヒーを手渡された。予想外の質問に首を傾げる。

「口調がいつまで経ってもよそよそしい。悠斗と話すようにもう少し砕けてほしいものだが」

丁寧語がお気に召さなかったのだろうか。それとも距離があるように感じているのかもしれない。

「えっと、徐々に……で、お願いします」

「まあ強要するものではないが。一緒に住んでいるのに距離が縮まらないのは寂しいだろう」

さらりと寂しいなどと言われて、凪紗は思わずむせそうになった。

――他意はないのよね、多分。

同居人に対して親切なだけだろう。だが男性と接することにあまり慣れてもいなければ免疫もない凪紗にしてみたら、距離が縮まらなくて寂しいというのは口説かれているように感じる。

――いいえ、この人はまったくそんなつもりはないから。変なことを考えちゃダメだわ。

不意打ちのような心臓に悪い発言は控えてほしいが、これも慣れるしかないだろう。

「頑張りますね」と無難に返答するのが精いっぱいだった。

「それで、壱弥との暮らしはどう？　なにか不便なところはない？」

開店準備中に翠川から尋ねられた。

店の観葉植物に水をあげながら凪紗は考え込む。

「不便とか不満というより、申し訳なさが抜けないですね……」

「へえ、たとえば？」

壱弥のマンションから翠川の店までたった三駅ほどの距離だ。通勤時間は短縮され、利便性の高い立地としっかりしたセキュリティの部屋は安心感がある。

ＱＯＬは確実に上がっており不満はないが、あえて言うなら快適すぎるのが不満かもしれない。

「壱弥さん、なにも受け取ってくれないんですよ。家賃も光熱費も食費もいらないって言うし、普段の買い出しは私がやろうとすると生活費を渡されるし、現金は受け取れないと言ったら私名義のカードを作ろうとか言いだされて」

さすがにそれはとどまってほしいとお願いした。そもそも結婚もしていないのに家族カードを作ることは可能なのだろうか。

「タダで部屋を使わせてもらっているのだから家事全般は私がやろうと思っていたんですが、週に二回はハウスキーパーが来るので掃除は不要。洗濯は全部クリーニングに出して、私ができることと言えば可もなく不可もないような朝ご飯を作るくらい……」

平日の夕飯はバラバラになることが多い。壱弥はたびたび会食が入るらしく、凪紗の帰宅時間も二十時を過ぎる。

「なるほどね。まあお金は受け取らないだろうね。あいつも困ってないし、そもそも女性からお金を取ろうと思うなら同居なんて提案しないよ。本人がいいって言うなら甘えていいと思うけど」

「でもそういうわけには……というか、壱弥さんってお仕事はなにをされてるんですか？　ただの会社員には見えないなって」

「あれ、聞いてない？　あいつ鷹月家の跡取りなんだけど」

「鷹月家……とは？」

恐らく関東の名家なのだろうが、地方育ちの凪紗はいまいちピンとこない。凪紗は霧吹きを手にしたまま首をひねる。

「んー、凪紗ちゃんが使っているメインバンクとか、都内のあちこちで行われている再開発のデベロッパーとか、誰もが知ってる有名ホテルとか」

翠川が企業名をいくつかあげていく。それらは全部凪紗でも知っている大企業だった。

「それらは全部鷹月財閥の関連企業。そこの会長子息が壱弥だよ」

「……っ！　ひぇ……っ」

驚きすぎて手にしていたプラスチックの霧吹きを落としてしまった。百均で購入した霧吹きが凪紗のつま先を直撃する。

「う……っ」

「大丈夫？　今つま先に落ちたよね」

「だ、大丈夫です……私が鈍くさいだけなので」

じんじんとした痛みに耐えながら、翠川から言われた言葉を反芻《はんすう》する。

——と、とんでもない人と知り合ってしまったのでは……。

「そんな方とは知らず、家賃とか生活費を払うなんて生意気言ってすみませんでした！　って謝りたい……」

壱弥にとって凪紗の家賃などすずめの涙にもならないだろう。彼のマンションの家賃がいくらなのかを知るのも恐ろしい。

——そもそも賃貸じゃないかもしれない。持ち家だったりして。

あのマンション自体が鷹月家の不動産という可能性もある。凪紗はカタカタと震えそうになった。

「まあ、気持ちが大事だからさ。それより凪紗ちゃんはあいつと普通に接しててよ。わざわざ自分から素性を明かしてないってことは、下手な先入観を持ってほしくないからってことだと思うから」

財閥の御曹司などという肩書で見られたくないということだろう。その気持ちは少し察するところがあった。

――それは理解できるかも。どこどこの家の息子じゃなくて、自分を見てほしいと思うのは当然かな。

家の名前が大きいほど個人という存在が薄れていく。余計な肩書は少し重い。

「……あの、でも、そんなすごい家柄の跡取り息子のところに、私みたいなのが転がりこんでしまったら、立場的にも大変なことになるのでは？　やっぱり迷惑なんじゃ」

実家から出ているとはいえ、完全に自由に過ごせるというわけにはいかないだろう。そもそも壱弥は結婚適齢期だ。三十二歳になってまで独身というのも不思議だ。

――お見合いとか縁談とか、許婚《いいなずけ》とか？　そういうのがあってもおかしくないわよね。名家の子息なら。

少々強引なところはあるが気遣いができて思いやりもあり、なにより目を瞠《みは》るほどの美形である。本人は縁がなかったとは言っているが、いくらでも縁を結ぶことができる人だろう。

――道ならぬ恋をしているのかもしれない。もしくは過去の恋を引きずり、新しい恋愛に興味がないのかも。

胸の奥に小さな棘《とげ》が刺さる。大分壱弥のことが気になっているようだ。

「大丈夫じゃない？　少なくともあいつが決めたことなら家からあれこれ言われないと思うよ」

「そうでしょうか。もしご迷惑になるようなら、今すぐにでも入居ができそうな物件を探した方がいいかと思って」

落ち着いたら物件探しをしようと思っていたが、悠長なことは言っていられないかもしれない。

——引っ越しシーズンは過ぎたけれど、物件は探せば出てくるはず。

結婚相手がほしいとは思っていたけれど、壱弥とどうこうなるつもりはない。海老で鯛を釣るなど、考えるだけでおこがましい。

——いや、私は海老にすらなれていないかも。雨の日にならないと地上に出てこられないミミズ……は、さすがに嫌だわ。

ネガティブになりそうな思考を停止する。憧れる姿があるなら少しでも近づけるように努力すればいい。

無意識に指輪に視線を落とす。左手に輝くピンクオレンジの石を見ていると気持ちが落ち着いた。自然と前向きになれる。

「物件探しをするときは壱弥にも相談した方がいいかもね。不動産にも詳しいし。でもすぐに出て行かれた方が壱弥も気にすると思うよ。不満があるんじゃないかって」

「不満なんてとんでもない！」

――でも、そっか。なにか気に障ることをしたかもしれないって思うかも。私が嫌になったから出ていくのかと気にするかな……。

メンタルに影響を及ぼしてはいけない。仕事のパフォーマンスにも影響しかねない。

「わかりました。壱弥さんにも相談してから慎重に探します」

「うん、そうして」

他に相談事があればいつでも乗ると言われて、凪紗は頼もしい上司に礼を告げた。


夕方から降り始めた雨は止みそうにない。気象庁は梅雨明けを宣言したというのに、大気は不安定だ。

「雷雨にならないといいですね。悠斗さんは大丈夫かな」

従業員の佐々岡《ささおか》に話しかけられた。彼は凪紗の三歳下で、実家は山梨のジュエリー工房だ。二年前から翠川に弟子入りし、店頭でジュエリーの販売も行っている。

「お昼頃は晴れていたけれど、帰宅時間までには止んでいてほしいよね」

気温は高くなくても湿度が高い。店内は空調が効いているため過ごしやすいが、一歩外に出ればじっとりとした汗をかく。

——髪の毛のカールも落ちやすいんだよね……お団子の方がよかったかな。

毎朝ヘアアイロンで髪を巻いているが、時間が経つと落ちてしまう。生まれつきストレートヘアなため、癖がつきにくいのもあるが。

凪紗は普段、髪をひとつにまとめることが多い。接客業のため身だしなみには気を付けており、髪のコンディションが中途半端なのが気になった。いっそのことパーマでもかけてしまいたい。

「凪紗さん、よかったら休憩に入ってください。予約のお客様が来ましたら呼びますので」

「ありがとう。じゃあ先にいただくね」

十五分休憩の間に化粧を直し、スマホを確認する。少し前に壱弥からメッセージが入っていた。

【今夜は雨だから迎えに行く。一緒に帰ろう】

——帰宅時間も雨だから迎えに来てくれるって、相変わらず優しいな。

ここで遠慮をしても壱弥は折れないだろう。彼の方から提案しているのだから遠慮は無用だと言われてしまう。

【ありがとうございます。では帰宅時間が被るようでしたらお願いします。難しければ無

理はなさらないでくださいね】

　急用が入ったらそっちを優先してほしいが、彼は一度交わした約束は守る人だ。自分が彼の重荷になっていないといいけれど、と凪紗は小さく息を吐く。

　店内にいた客がいなくなると途端《とたん》に雨の音が気になった。この店は商業施設に入っているわけではないので普段から客の出入りはまばらだ。

「あと十五分ほどで閉店時間だね。この雨だし、今日はもうお客様は来ないかも」

「では僕はバックヤードで悠斗さんに頼まれていた仕事の続きをしてきますね」

　佐々岡に裏の仕事を任せて、凪紗は店内の片付けをはじめる。カウンターを除菌スプレーで綺麗にしていると、閉店十分前に常連客の男が現れた。

「こんばんは、凪紗ちゃん」

「いらっしゃいませ、尾川《おがわ》様」

　金曜日の夜にひとりで現れるのは珍しい。尾川は毎回違う恋人を連れてくる男で、凪紗の中では要注意人物に認定されている。

「そろそろ新作が出てる頃じゃないかな〜と思って、見に来たよ。今日は翠川クンは不在なの？」

「はい、翠川は外出中ですが、もうすぐ戻ってくる頃かと」

「そっか〜。じゃあ今日は凪紗ちゃんに選んでもらおうかな」

「……私でよろしければ」

営業スマイルを浮かべているが、頬が引きつりそうになる。

——女性用のジュエリーなら新しい彼女が選んだ方がいいのでは……。

彼は商社に勤めているらしい。年齢は三十代半ばで住まいは目黒と言っていた。客の個人情報を知りたくはないのだが、自分から明かされたら知らんぷりはできない。

見たところ髪も服も時計も拘りがつまっている。女性用のジュエリーにも詳しい。毎回凪紗も頭からつま先までファッションチェックをされている気分になり、正直居心地はよろしくない。

「七月といったらルビーだよね。あ、やっぱりルビーの新作が増えてるね」

毎月必ずチェックするため、どれが新作かがわかっているようだ。

凪紗にとっては苦手な男ではあるが、店としては大事な顧客だ。それに純粋に石が好きなところと翠川のジュエリーのファンというところは好感が持てる。

「こちらのスタールビーは先週から売り始めた新作のリングですね。今年の七月は例年と比べて、ルビー以外の誕生石も多く売り出しています」

「ルビー以外っていうと、カーネリアンとかスフェーンだっけ。俺スフェーンのギラギラ感も好きだわ」

——そうだろうなと思ってました。

スフェーンは数年前に新しく誕生石に仲間入りした宝石だ。ダイヤモンド以上に輝きが強く、イエローグリーンの色合いが特徴的な希少石である。

凪紗は男性用のネクタイピンを紹介する。小さなスフェーンが一粒嵌めこまれただけで目を引くような存在感を放つ。黒いスーツやグレイのスーツでも映えるだろう。

「おお〜いいね！　ダイヤ以上にギラギラしてて。凪紗ちゃんの中で俺ってスフェーンのイメージだったりする？」

微笑みが固まりそうになった。

——こういうときはなんて答えれば……。

ちらり、とカウンターに置いてある石言葉に目を向けた。毎月の誕生石が石言葉とともに説明されている。

——スフェーンの石言葉は「永久不変」だったわね。ちょっと頷きがたいけれど、純粋という意味ではそうかも？

彼はいい意味で少年らしさが残っている。軽薄な印象が強いが、嫌な男ではない。

「そうですね。存在感のある煌《きら》めきは尾川様にぴったりかと」

「マジで？　うれしいんだけど！」

急に手を取られて握りしめられた。凪紗は小さく肩を揺らす。

——そういえばいつもは男性客とふたりきりにはならないようにって、配慮されていたっけ。

だが今日は運悪く翠川が不在で、もうひとりの佐々岡は裏にいる。閉店時間が近かったこともあり完全に油断していた。

「俺がスフェーンだとしたら、凪紗ちゃんはスタールビーって感じ。星の煌めきがよく似合うと思うよ」

ギュッと握られた手が離れない。背筋がぞわぞわと震えそうだ。

笑顔を貼り付けたまま固まっていると、尾川の視線が僅《わず》かにズレた。店内の入口付近に眼力が鋭い壱弥が立っている。

——壱弥さん？　いつの間に店内に？

「……っ！　あ、もう閉店時間だね!?　スフェーンはまた今度！」

威圧感のある壱弥に圧倒されたのだろうか。尾川は逃げるように店を後にした。挨拶をする暇もなく扉が閉められる。

——なんだったんだろう……。

心臓がドキドキしている。緊張と不快感から来ていることはわかっていた。

「大丈夫か」

「あ、はい……こんばんは、壱弥さん。いつからいましたか？」

「君が手を握られて口説かれているときから」

……あれは口説かれていたのだろうか。

――星の煌めきがどうこうって言われても、まったく胸に響かないけれど。

だが壱弥が現れてホッとした。男性とふたりきりというのは変わりないのに、安心感がまるで違う。

「助かりました。あの方は少し苦手で……」

店員との距離感を間違えなければ金払いもよくていい顧客なのだが。女性が好きでチャラついた印象はぬぐえない。

「セクハラするような客は出禁にするべきだろう。悠斗はどこにいる」

「出禁までは難しいかと。悠斗さんはまだ外出中ですね」

「なんだ、役に立たない奴だな」

眉間に皺《しわ》を刻みながら、壱弥はカウンターに置いてあるウエットティッシュを手に取った。

彼は凪紗の手を摑んで、手のひらをまんべんなく拭《ぬぐ》いだす。

「あの、これは一体」

「除菌だ」

「自分でできますよ？」

「俺がしたいからやっている」

状況がよく理解できないが、凪紗は大人しくされるがままになった。

壱弥に手を摑まれていても不快感はない。むしろ大きな手に包まれていると、不思議と胸が温かくなる。

「なんだ、星の煌めきって。馬鹿なのか？」

ぶつくさと呟きながら指の間まで拭われるが、触れる手つきは優しい。

苛立つ壱弥は珍しくて、凪紗は思わず噴き出しそうになった。

──やっぱり壱弥さんって面倒見のいい人よね。お兄さんって感じ。

壱弥は使い終わったウエットティッシュをゴミ箱に捨てると、次にポケットから携帯用のアルコールスプレーを取り出した。それを三プッシュ凪紗の両手にかけて、すりすりと両手をこする。

──ハンドクリームを塗られるように除菌スプレーをこすりつけられたのははじめてかも。

壱弥の両手にすっぽり包まれるのはくすぐったいし、そもそも誰かに手を揉まれる経験など一度もない。変に意識すると顔に熱が上がりそうだ。

彼の体温がじんわり伝わり、凪紗のトキメキを刺激する。

「俺は別にスタールビーが凪紗に似合わないとは思っていないぞ」

「はい？」

「だが一番似合うのは他にあると思っているだけで」

「はい」

なにを聞いても微笑ましい気持ちになる。

不機嫌そうに眉をよせる壱弥が少し可愛い。

――……え？　可愛いってなに？

男性を可愛いと感じたことなど一度もない。それに壱弥を表す形容詞は「かっこいい」とか「美男子」がぴったりなのに、可愛いと思ってしまったことに戸惑いを覚えた。

――どうしよう。なんだか胸の奥がキュウッとする！

身体の内部から熱がこみ上げてくる。

彼を意識した途端に手汗までかきそうだ。

「ハンドクリームは持っているか？」

「いいえ、でもそこまでは大丈夫ですから」

ようやく手が解放された。持っていると告げたらそれも塗り込んでくれるつもりだったのだろうか。

――ああ、ダメだわ！　急にいろいろ恥ずかしくなっちゃう！

壱弥の目を直視できない。今の自分の顔にはどんな表情が浮かんでいるのだろう。

「あの！　もう閉店時間が過ぎているので、ちょっと待っていてもらえますか。お店閉めますから。こちらの応接室にどうぞ」

「……ああ、わかった」

どことなくバツの悪そうな表情も珍しい。

凪紗は大人しくソファに座った壱弥を見届けてから手早く後片付けを始めた。

第三章

凪紗たちが店を出る頃には雨は上がっていた。

外で食事を済ませてから帰宅し、食後のハーブティーを淹れる。

リラックス効果のあるカモミールティーを壱弥に渡すが、ふたりの間に流れる空気はいつもより重い。

――やっぱりなにか気になっているのかな。うちの店でのことはもう終わったと思ったけれど。

壱弥とは世間話もするし食事の感想も言い合ったが、口数が少ないようだ。なにかを考えこんでいるようにも感じる。凪紗はソファに座りながらそっと彼を窺った。

――仕事の悩みもありそうよね。いつもは私ばかり話を聞いてもらっているし、たまには私も壱弥さんの相談に乗れたらいいけど……迷惑かな。

相談されてもまともな返答ができるとは限らない。それに社内の機密情報ばかりで相談すらできないかもしれない。だがなにも訊かずに黙っているよりはいいだろう。

「あの、壱弥さん。なにかお悩みですか？」

そっと壱弥の隣に腰を下ろした。

人ひとり分空けているのでパーソナルスペースには配慮しているが、突然移動されて驚いたかもしれない。

「私でよければ話を聞きますよ？　一応口は堅い方ですし、悠斗さんにも言ったりしませんから」

だが話を聞くことしかできないと付け加えると、壱弥は前髪をクシャリと乱した。

「いや、気を遣わせてすまない。こんなこと言うのは踏み込み過ぎじゃないかと思って口に出せなかった」

はあ、と吐息を零《こぼ》した。まさか悩み事は凪紗に関することなのだろうか。

――もしかしてまだ、お店での出来事を気にしていたとか？

「私は不快に感じたりしませんよ。気になることがあれば我慢せずに仰ってください。ほら、我慢のしすぎはストレスになりますからね」

凪紗としては壱弥が快適に過ごしてくれた方がいい。まだ彼と出会ってから二週間ほどだが、返しきれないほど世話になっている。

「他にも質問があればなんなりと。私に答えられることでしたらなんでも答えますので」

コトン、とマグカップをソファの前のローテーブルに置いた。

壱弥をじっと見つめていると、彼は視線を彷徨《さまよ》わせてから凪紗に問いかけた。

「……ああいう行為をしてくる男は多いのか」

――やっぱり尾川さんのことが気がかりだったのね。

心配されるのは嫌ではない。店の中でも散々手を除菌されたのに、彼の中では未だになにかくすぶっていたようだ。

「あの方は常連のお客様なのですが、普段は一対一で接客はしませんよ。男性客とふたりきりにならないように、悠斗さんも配慮してくれていますから」

今夜はたまたまタイミングが悪かったことと、閉店間近だったため油断していたことを告げる。

「常連客で困ったお客様は滅多にいないので、そんなに心配しなくても大丈夫ですよ」

「俺は君がストーカーの被害に遭わないか心配だ」

「……っ」

壱弥の視線の強さに絡めとられそうになった。思わず息を呑んでしまう。

漆黒の双眸《そうぼう》に吸い込まれそう。その瞳の奥には形容しがたい焔《ほのお》が秘められているようで、凪紗の鼓動がどくん、と跳ねる。

「ストーカーなんて、大げさですよ」

「大げさなんかではないだろう。女性にその気がなかったとしても、身勝手な勘違いをする男は大勢いる」

「う……」

残念ながら否定できず、凪紗は返答に詰まる。

「今まで無事だったからこれからも無事だという保証はないだろう」

「それは、そうですが……でも、気にしすぎたら日常生活が送れないので」

無防備に愛想を振りまかないようにしたいが、接客業なので難しい。

男性客は男性店員が対応するようにしていても、尾川のように普段はカップルで来店することもある。破局後に男から口説かれることまで想定するのは無理があるだろう。

「でも店内はちゃんと防犯カメラがありますし、民間のセキュリティ会社とも契約していますから。あとは泥棒とか万が一に備えて警察に通報できるようにしていたり」

緊急事には警察に通報できるようにボタンを備えている。なにごとも平穏が一番だが、いざというときは対処できるようにしているのだ。

だが壱弥は納得がいかないらしい。眉間に深い皺が刻まれたままだ。

「あの男に凪紗ちゃんと呼ばれていたな」

「まあ……悠斗さんたちも名前で呼んでくださるので、その影響かと」

「今からでも店内限定の偽名を作らないか。ヴィクトリアとかオードリーとか」

「なんで横文字の名前なんですか」

大真面目な顔で提案されて噴き出しそうになった。たまらず笑いがこみ上げてくる。

「明らかに偽名だってわかった方がいいだろう。それに俺が考えた名前で呼ばれるのなら我慢できそうだ」

「我慢って……」

目尻に溜まった涙を拭う。

その手を壱弥に摑まれた。

至近距離から彼に見つめられると、胸の奥がざわつきだす。

「あの、近くないですか……？」

「俺に触られるのは嫌か」

一瞬で神経が手元に集中した。彼の大きな手に覆われているのは嫌ではない。むしろつい数時間前には安心感を覚えたばかりだ。

じわじわとした熱が顔に集まってくる。

「嫌じゃない、ですけど……」

心臓が騒がしくなるので待ってほしい。このような接触には不慣れなのだ。

「凪紗。顔がよく見えないんだが」

先ほどよりも壱弥の声に甘さが滲んでいる。

「あまりこっちを見ないでください……化粧が崩れた顔を見られるのは恥ずかしいので」

「それは聞き入れられないな」

腰をグイッと抱き寄せられた。

抵抗する間もなく、身体を壱弥の膝に乗せられる。

「ひゃあ！　壱弥さん……っ!?」

「これなら凪紗の顔もよく見える」

顎に指が添えられた。至近距離から目を合わせれば、彼の端整な顔が視界に映る。

「顔が赤い」

「……赤くもなります。こんなこと、誰にもされたことがないんですから」

「本当に？　君に触れた男はいないと都合よく判断するが」

何故彼がそんな風に言うのだろう。上機嫌な声が心地よく響く。

「今までお付き合いしていた方もいないので、慣れてなくて……あの、下ろしてくださ……」

「極力君のお願いは叶えてあげたいが、それは聞き入れたくないな」

身体を抱きしめられた。凪紗の肩がビクッと跳ねる。

壱弥の体温が布越しに伝わりそうだ。

彼の香りを吸い込むだけでさらに身体の熱が上昇する。

「言葉にしないと伝わらないと思うから言うが、俺は君に惹かれている」

「っ！」

「やはり気づいていなかったか」

壱弥は小さく苦笑した。その目には甘さが見え隠れしている。

「それって、どういう……」

心臓が大きく跳ねた。ドキドキしすぎて耳まで熱い。

その鼓動は決して嫌なものではなくて、凪紗は戸惑いが隠せない。

「君を独り占めしたいと思っているということだ」

「え……っ！」

「店で男性客に手を握られていただろう。正直殺意が湧いた」

――物騒！

確かに壱弥は不機嫌だった。帰宅してからもずっと悩んでいるほどに。

だがその理由は単なる過保護な感情からではなくて、恋愛感情から来ていたのだとしたら。嫉妬していたというのではないか。

「他の男に手を握られるのも嫌だなんて、どうかしていると思うだろう」

彼の声が鼓膜をくすぐる。

低音の美声が心地よく響いた。凪紗の鼓動がさらに加速する。

「あの……私は別に、なにか特別な人間ではないですよ？　特技もないですし、なにかに優れているわけでもありません」

容姿に自信もないため一目惚れをされる要素は極めて低い。凪紗は自分の外見は平均的だと思っている。

彼は一体なにに惹かれたのだろう。

「なにかに優れているから惹かれるとは限らないだろう？　理屈じゃないから説明は難しいが、凪紗といると心が安らぐ」

「……っ」

腰に回った腕に力が込められた。重くないだろうかと心配になるが、腕の力強さが頼もしい。

——どうしよう。さっきからずっとドキドキが止まらない。

異性に抱きしめられたのははじめてだ。壱弥の香りが鼻腔を擽《くすぐ》り、余計心臓を騒がしくさせる。

恋人同士でもないのに、手を握られるのも抱きしめられるのも拒絶感がないのは何故だろう。

尾川から手を取られたときはぞわっとした震えが背筋を走ったが、壱弥は違う。もっと触れてほしいと思ってしまう。

「嫌なら拒絶してほしい」

スッと唇を指先でなぞられた。そんな風に触れられたこともはじめてで、凪紗の胸がギュッと収縮する。

——恥ずかしすぎて顔も身体も熱い。

目は口ほどに物を言う。潤んだ瞳を壱弥に向けると、彼の目尻が僅かに赤く染まった。

凪紗の瞳に拒絶の色が浮かんでいないことは明白だった。

自分でもどうしたいのかわからない。だが、なにかを懇願するように壱弥を見つめる。

彼の顔が近づくから、凪紗は無意識に瞼を閉じた。唇に柔らかな感触が当たった。

——マシュマロみたいにふにっとしてる。

「嫌？」

吐息混じりの声が艶やかに響いた。唇に感じたのは壱弥の熱だとわからないほど子供ではない。

「嫌じゃない……です」

ほんのり触れただけのキスだ。体温を味わう余裕もないほどささやかな触れ合い。

言質《げんち》を取った壱弥はふたたび凪紗と唇を合わせた。

「んぅ……」

今度はしっとりした感触が伝わった。キスをするなどこれが二回目。柔らかくて弾力があり、不思議な心地にさせてくれる。

――どうしよう。ドキドキが止まらない。

アルコールが入っているわけでもないのに、キスをしているだけで酩酊《めいてい》感に浸る。一滴でも酒が入っていたら言い訳に使えただろうに、残念ながら素面だ。

こんなとき、普通なら拒絶するべきなのだろうか。

出会って二週間ほどしか経っていない男と暮らしているだけでも常識的におかしいのに、男女の仲になってしまったら泥沼にはまるかもしれない。

「……抵抗しないのか？」

静かなリップ音が響いた。下唇に吸い付かれて、凪紗の腰が小さく跳ねる。

「あ、の……どうしたらいいのか、わからな……」

顔も身体も熱くてたまらない。瞳は潤み、触れ合うキスだけで身体から力が抜ける。

「俺に触れられるのは嫌じゃない？」

再度確認された。無理やり丸め込むのではなく、壱弥はきちんと凪紗の気持ちを確認する。

そんな紳士的なところも壱弥に惹かれる所以かもしれない。

凪紗は頷きながら、気持ちを伝えるように自分から壱弥に抱き着いた。

「……っ」

息を呑んだのはどちらだったのだろう。

衝動的な行動が恥ずかしいが、離れたいとは思わない。

――でも、恋人でもない男性に抱き着くのははしたなかったかしら。

ハッと理性が働いた。壱弥の腕から抜け出そうとする。

だが当然ながら壱弥は易々と凪紗を放す男ではなかった。

「逃げるな、凪紗。嫌じゃないならこのまま流されてしまえばいい」

「それは、どういう……、きゃっ！」

膝の裏に両手が差し込まれた。不安定な浮遊感を味わい、咄嗟に壱弥にしがみつく。

身体を横抱きにされて運ばれた先は壱弥の寝室だった。

「……っ！　壱弥さ……ん」

宝物を扱うようにベッドに寝かせられた。はじめて入る壱弥のプライベート空間は余計なものなど一切置かれていない。

――壱弥さんの香りが充満してる……。

呼吸をするだけでクラクラしそうだ。

部屋の隅に置かれている間接照明がぼんやりと室内を照らした。

「凪紗が部屋に帰っても俺は追わない。俺から逃げるなら今だぞ」

そう言って逃げ道を用意してくれる優しさはあるが、彼の表情からはいつもの余裕が消えていた。

壱弥は約束を守る人だろう。もし凪紗が少しでも拒絶を示したら、彼はちゃんと引いてくれる。

でも……、と凪紗の理性が待ったをかけた。

――今出て行ったら後悔しそう。

もしもここで部屋に帰ったら、彼との距離は縮まらないどころか開いてしまいそうだ。今までよりもよそよそしくなり、こうして触れることは叶わないかもしれない。

――そんなことを考える時点で答えなんて出ているわ。

凪紗の手相が示す結婚相手は壱弥がいい。彼が自分の運命の人だったらいいと何度も考えていた。

自分から壱弥を望むのはおこがましいと思っていたが、彼が選んでくれるなら喜んでその手を摑みたい。

「……逃げません。逃げたくないです」

はしたないと思われても構わない。

でも今は心の赴くまま、壱弥と最後まで結ばれたい。

これは単なる好奇心ではない。たとえ壱弥との縁が結ばれなかったとしても、このひと時は大切な思い出となるだろう。

「凪紗……ありがとう」

壱弥はネクタイの結び目に指をひっかけた。しゅるり、と衣擦れの音がする。

ベッドに片膝を乗せてシャツを脱ぐ仕草がセクシーすぎて、凪紗はすでに呼吸がおかしくなりそうだ。

不整脈が起きるのではと不安を覚えていると、大事なことに気づく。

「でも、ちょっと待ってください」

「は？　ここでお預けだと？」

シャツは中途半端にはだけており、鍛えられた筋肉が垣間見えていた。

目に毒すぎる光景からそっと視線を逸らして身体を起こす。

「こういうときってシャワーを浴びるものですよね？」

「必ずしもそうではないし時と場合による」

「湿度が高かったし汗もかいてるし、臭いかもしれないので……」

「凪紗は臭くない。むしろ俺は君の香りをもっと堪能したい」

――ちょっとどう反応していいかわからない。

今すぐにでも押し倒したい壱弥と、清潔にしてから仕切り直したい凪紗の意見が衝突する。完全に雰囲気に流されてしまえば冷静になることはなかっただろうが、凪紗ははじめてなのだ。一日働いた後の身体を晒《さら》すのはハードルが高い。

「あと、あの、今日の下着は可愛くないので……!」

上下が揃っていないかったのを思い出した。壱弥は気にしないかもしれないが、見られてもいい下着ではない。

壱弥はグッと押し黙る。眉間に皺を深く刻み、なにかに耐えるように長く息を吐いた。

「……わかった。それなら俺もシャワーを浴びてくる」

「壱弥さん……!」

「十五分で戻ってくるように。来なかったら迎えに行く」

「壱弥さん……」

先ほどは逃げていいと言ったくせに、もはや逃がす気はないらしい。

だが凪紗の意思を尊重してくれたところに優しさを感じる。

そそくさと部屋を出て自室に向かった。頭も洗いたいが髪を乾かす時間はなさそうだ。

――見られても恥ずかしくない下着は……。

下着入れを漁る。悲しいほど色気がないものばかりだった。

――シンプルでアウターに響かないものを選んでいたから……というか、こういうときって下着は着用するべきなのかな。

すぐに脱がされるのに？　上はなしでもいいのではないか。

考え始めたらわからなくなりそうだ。正解がなんなのかもわからず、先に手早く身体を洗って汗を流すことにした。

バスタオルを身体に巻きつけたままふたたび下着と室内着を選んでいると、扉がコンコンとノックされた。

――もうそんな時間!?

「凪紗、迎えに来たぞ」

「あ、あの、ちょっと待……っ」

気づけば二十分が経過していた。五分ほど長く待っていてくれたようだが、辛抱できなくなったようだ。

壱弥はバスタオル姿の凪紗を一瞥《いちべつ》し、大方状況を理解したらしい。

――私、めちゃくちゃ恥ずかしいのでは？

もう仕切り直しがしたい。今夜はなかったことにはできないだろうか。

紳士的な壱弥は扉を閉めてくれるのかと思いきや、何故か部屋の中にまで入って来た。

「い、壱弥さん……？」

「バスタオル一枚というのは大胆でいいな。想像以上にそそられる」

「え？　あの……、ひゃあ！」

戸惑いながら抱き上げられた。タオルが解けないように胸元を手で押さえる。

少し前までいた寝室に連れ戻されたが、そのときよりもドキドキは上回っていた。

「喰われる覚悟はいいか？」

ふたたびベッドに寝かせられた。

壱弥は手早くTシャツを脱いで、凪紗に覆いかぶさる。

――さっきよりも色気が炸裂してる気が……！

隠しもしない雄のフェロモンにあてられて眩暈がする。

壱弥の鍛えられた肉体美と視線の強さを目の当たりにして、呼吸の仕方がわからない。

タオルがはだけないように胸の前で押さえながら彼を見上げた。

「お、おいしくないかも……」

「そんなことはない」

「期待値は下げてくださいね？　なんか違ったって思ったらすみませ……」

「凪紗、自分を卑下してはいけない。俺は君のはじめての男になれて光栄なんだが」

「……っ！」

指先にキスを落とされた。そのまま人差し指を舐められる。

「それとも、逃げたくなったか？」

情欲の焔を瞳の奥に灯しながら尋ねるなんてタチが悪い。逃げたいと言ってももう遅いと返すのがありありと伝わってくる。

――困ったわ。恥ずかしくてドキドキして、どうしたらいいのかわからないのに逃げたくはない。このまま進んでみたい。

この感情が恋で合っているのかはわからない。だが心と身体は確実に壱弥に惹かれている。彼をもっと知りたいと思っている。

触れ合うことに抵抗感はない。むしろ凪紗から彼に触れてみたいくらいだ。

――絶対に後悔なんてしない。

心臓が激しいほど鼓動している。凪紗はバスタオルの結び目を解き、壱弥に肌を晒した。

「じゃあ……どう、ぞ？」

「……」

覆いかぶさった状態で壱弥が固まった。思いがけない反撃を食らったとでも言いたげに目を瞠っている。

「あれ？　ごめんなさい。間違えた？　はしたなかったかしら」

やはりきちんと服を着こんでおくべきだったのだ。せめて下着は穿《は》いておいたらよかった。

凪紗は顔を真っ赤にさせて涙目で狼狽《うろた》えた。その様子を直視した壱弥は、たまらず片手で顔を覆いだした。耳と目元がほんのり色づいているようだ。

「はぁ……嘘だろう。反則すぎる」

「え？」

「君はことごとく俺の理性を試してくる」

だがその理性とやらもバラバラに砕けて破片も残っていないらしい。艶然《えんぜん》と笑った顔は見惚れてしまいそうなほど魅力的なのに、不穏な気配が伝わった。

「手加減しようと思っていたが、無理だな。よし、諦めよう」

「いえ、無理ってどういう……」

「絶対に煽った凪紗が悪い。今夜はたっぷり気持ちよくなろうか」

初心者相手でも気持ちよくなれるものなのだろうか。

あまり猥談《わいだん》というものに触れる機会はなかったが、乏しい知識の中でも処女に関する話題は耳にしたことがあった。

「でも、処女は面倒くさいんですよね？」

「は？　なにを言ってるんだ。俺は凪紗が好きだから抱きたいだけだ」

「……ッ！」

「誰がそんなことを言ったのかはわからんが、今すぐ忘れろ。君のはじめての男になれるなんて幸せ以外の何物でもないだろう」

はっきり言葉にされて心臓が大きく跳ねた。今まで生きてきて、誰かから「好き」という感情を向けられたことはなかった。これほどまでに感情が揺れたこともはじめてかもしれない。

「凪紗が俺のことをどう思っているのかはまだ訊かない。感情に名前をつけるには時間がかかるだろうからな」

「は、はい」

まだ心の奥で芽生えた感情を育んでいる段階だと見透かされていたようだ。確実に彼に惹かれていることには気づかれているだろうが。

「でも少しでも嫌だと思ったら遠慮せずに伝えてほしい。俺は君の身体がほしいんじゃない。心も感情も、君の全部がほしい」

「ん……っ」

そっと頬を撫でられた。台詞《セリフ》は傲慢だが、優しい手つきは気持ちいい。

胸の奥から泉のように溢れ出る感情をなんと呼べばいいのだろう。

「私も……、壱弥さんがほしいです」

だから遠慮せずに喰らってほしい。絶対後悔なんてしないから。

壱弥の視線が甘くて熱い。その目を見つめているだけで身体の奥も熱くなりそうだ。

「最初は慣れなくて苦しいかもしれないが、なにも考えずに快楽に身を委ねたらいい」

優しく囁かれながら唇を塞がれた。

先ほどよりも深く繋がりを求められて、生々しい舌の感触に肌が粟立ちそう。

「ン……ッ」

粘膜を擦られて唾液を分け与える。口内の熱さに身をよじりたくなった。

キスをされながら身体を覆っていたタオルをはぎ取られた。首からデコルテへと、壱弥の手が凪紗の肌に触れる。

――キス、深い……頭がぼうっとする……。

逃げる舌が追いかけられる。粘膜接触は不快どころか気持ちよすぎて、腹の奥がズクンと疼《うず》きだした。

どちらのものかもわからない唾液を飲みながら翻弄される。壱弥の手が胸のふくらみに触れて肩が跳ねそうになったが、優しい手つきが凪紗の緊張をほぐした。

「あ、の……あまり、見ないで」

「それは無理なお願いだな」

一糸まとわぬ姿を見られることが恥ずかしい。身体は火照り、キスの余韻で思考もうまく働かない。

壱弥なら美女の裸を見慣れているはずだ。元恋人たちと比べられたら、凪紗の身体など貧相に思えるだろう。

――もう少し普段から肌の手入れを頑張っていたら……ううん、それよりも運動不足で筋肉が足りていないし、だらしないと思われそう。

彼の筋肉質な身体は引き締まっており、見惚れそうなほど美しい。学生時代は運動部にでも入っていたのだろうか。

「なにを恥ずかしがっているのかわからないが、凪紗は綺麗だ」

「え……？」

「俺が触れていいのかと躊躇《ためら》いそうになる。いや触れるが。他の男に触れられないようにマーキングした方がいいな」

躊躇いは一瞬だったらしい。葛藤を感じさせない手つきでふたたび身体に触れられる。

「ん……ぅ」

首筋にキスを落とされた。しっとりした感触が凪紗の肌を震わせる。

「どこもかしこも細いな」

肩や二の腕をそっと撫でられた。凪紗もそっと壱弥の首に腕を回した。

「壱弥さんは、逞しいですね」

着やせするのだろうか。しっかり鍛えられた身体は頼もしい。自分とは無縁なものだ。

「デカくて怖い？」

「ううん、安心します」

彼は凪紗を傷つけない。触れる手つきも優しくて、欲望をぶつけてくるような真似もしない。

——素肌って温かい。

こうして抱きしめ合うだけで心の奥まで満たされそう。しっとりした肌の温もりが直に伝わってくる。

身体を繋げなくても触れ合うだけで満足しそうだ。彼に包まれながら眠れたらさぞかし気持ちよく安眠できるだろう。

そんなことを考えていたら、なにやら苦悩めいた声が落ちてきた。

「そうしてくれるのはうれしいんだが、安心されるのは困る」

首に回していた腕を取られた。

壱弥は凪紗の片手を自身の上半身に触れさせる。

「心臓、ヤバいことになってるのがわかるか？」

「すごく速いですね……身体も熱い」

「そう。我慢の限界がすぐそこまで来てる。焦らされるのは辛い」

焦らしていたつもりはない。凪紗はおろおろと視線を彷徨わせた。

「あの、私はどうしたら……？」

「なにも考えずに気持ちよくなればいい」

気持ちいいことだけに集中しろと言われ、ぎこちなく頷いた。

壱弥の手が凪紗の肌をまさぐりだした。胸や腹に触れられて、くすぐったさ以上に疼きを感じる。

　――お腹の奥がなんだか変……。

　身体が雄を受け入れる準備をしている。太腿《ふともも》を擦り合わせただけで、ぐちゅんと恥ずかしい水音が響いた。

「凪紗、ここを舐めてもいいか」

　淫靡な水音が聞こえた場所にそっと指を這わせられた。凪紗は咄嗟に首を左右に勢いよく振る。

「ダ、ダメッ」

「嫌？」

「恥ずかしいので……！」

「そうか。なら我慢する」

　今はまだ、という言葉がついてきそうだが、一旦阻止できた。だがいつかはするつもりなのだろう。

　――舐めるって普通なの？　セックスってどこまでがセックスなんだっけ？

　高校までは女子校に通い、大学からは共学だったが異性と関わることは最低限で、ネットの使用は制限されていた。実家にいた頃は娯楽も厳重に管理されていたため、凪紗は性的な知識が少ない。

社会人になってからスマホを使用し始めて、ある程度の知識を得られるようになったが、刷り込まれた常識が邪魔をした。性欲は穢《けが》れた感情であり、結婚するまでは無垢なままが好ましい、と。

家を離れて六年が経過し、恋愛を意識し始めたのは最近になってから。さすがに結婚するまで清らかな身体でいたいとは思っていないが、もう少し早く自分から性にまつわる知識を得ておくべきだったかもしれない。

「あの、触れられただけで濡れちゃうのは変なことではないの……？」

自分の身体がよくわからない。なにが普通でなにがおかしいのかも。

「……濡れるのは気持ちよくなった証だ。なにも変なことじゃない。むしろ俺がうれしい」

なにかに耐えながら壱弥が説明した。凪紗はうれしいと言われてホッとする。

難しいことは考えなくていい。ただ身体を委ねてほしいと言われ、額にキスをされた。

ささやかな触れ合いだけでも心が満たされる。胸の奥からこみ上げてくる感情は恋情なのか愛情なのか。もっと他にも違う感情が混ざっていそうだ。

——私の身体も変じゃないかな？　人と比べたことがないからわからない……。

だが壱弥は綺麗だと褒めてくれた。そう言われるだけで自信がつく。

優しく全身に触れられる。誰にも侵入を許していない蜜口を指先で撫でられた。

「あ……」

　くちゅん、とふたたび水音が聞こえた。しとどに濡れた秘所を壱弥の指が撫でていると考えるだけで、身体の熱がさらに上昇しそう。

「こら凪紗、顔を隠すな」

　真っ赤になった顔を見られたくなくて手で隠していたが、壱弥に阻止された。

「恥ずかしくても俺を見ろ。声も我慢するなよ？」

　傲慢な発言にも甘さが混じっている。蜂蜜を舐めたような心地になり、凪紗は無言で頷いた。

　慎ましく閉じられた蜜口に指が侵入する。

「狭いな。痛みはあるか？」

「ううん……でも、なんか慣れなくて変な感じ」

　自分でも弄ったことがないと明かすと、壱弥は神妙な表情になった。なにかをこらえているようだ。

「いい歳してって呆《あき》れた……？」

「まさか。逆だ。本当に俺が君のはじめてを奪うのかと思うと、たまらん気持ちになるな」

　痛みや違和感があれば我慢せずに伝えるようにと命じられた。壱弥は常に凪紗の気持ちを優先してくれる。

――男の人は我慢するのが大変って聞いたことがあったけど。

壱弥の額に汗が滲んでいた。凪紗にぶつけないだけで、彼は辛抱強く我慢しているのだろう。

徐々に中が柔らかくほぐされていく。なんなく指を二本飲み込んで、膣壁をざらりと擦られた。

「あぁ……っ」

グチュグチュとした音が鼓膜を犯す。身体が熱くて子宮の収縮が止まらない。

まるで本能が壱弥を望んでいるかのよう。もっと奥までほしいと訴えかけている。

「ここに触れると、中の締め付けがきつくなるな」

「ン、アァ……ッ」

きゅうきゅうと膣壁が壱弥の指を締め付けた。まるで食いちぎろうとでもしているようだ。

「いちや……さ、ん」

快楽に翻弄されてしまう。凪紗はまだ気持ちいいという感覚に追いついていない。

身体がびくびくと反応し、壱弥から与えられる熱に神経が集中する。少し休ませてほしいという期待を込めて壱弥の目を見つめた。

「……っ」

凄絶な色香に飲み込まれそうになった。情欲を一切隠しもしない。

瞳の奥に宿る劣情は捕食者のようで、凪紗など丸飲みにされてしまいそう。

口内に溜まった唾液を飲み込んだ。期待と緊張を混ぜ合わせた目で、壱弥に懇願する。

「……もう、いれて？」

休ませてほしいと言おうとしたのに、口は逆のことを告げていた。だがきっとそれが本音なのだろう。

——私、早く繋がりたいのかも。

丁寧に慣らしてくれたおかげで受け入れる準備は整っている。

多少の痛みや苦しさは我慢できるだろう。

「魅力的な誘いだが、あともう一本指を飲み込めるようになってからだな」

やせ我慢はよくないのでは？　と煽りたくなった。宝物を扱うように触れてくれるのはうれしいが、あまり焦らされるのも辛いのだ。

——お腹の奥が切なくてずっと疼きが止まらない……。

本能がまだかと訴えている。早く壱弥とひとつになりたいのだと。

三本目の指は少しピリッとした痛みが走った。だがそれもすぐに慣れてくる。

「んぅ……、はぁ……っ」

呼吸を整えるのも難しい。吐息まで熱を帯びていた。

「一度達しておくか」と壱弥が呟きを落とした。それがどういう意味なのかを理解するよりも早く、控えめな花芽をグリッと刺激される。

「ひゃ、あぁ……ッ！」

ビリビリとした電流が走った。大きすぎる刺激を受けて身体が小刻みに震えてしまう。

——一体なにが……？

大きな波に攫《さら》われたような感覚にも陥った。四肢が怠《だる》くて、全身から力が抜ける。

空洞を埋めていた指が引き抜かれると、喪失感のようなものを味わった。埋められていたものがなくなるのは寂しい。

視線のみで壱弥を窺う。彼は透明な蜜をまとった指を舐めとっていた。

「……ッ！」

そんなものを舐める仕草もセクシーでたまらない。凪紗のドキドキが加速しそうだ。

舐めないでほしいと思うのに、その光景をもっと眺めていたくなる。

「準備は整ったようだな」

ピリッとした音が響いた。口で四角いパッケージを開ける姿もワイルドだ。

——あれがゴム……？

避妊を忘れていたのを思い出した。凪紗は特にピルなどを服用していないため、避妊具は必須だ。

はじめて見るそれに興味が湧くが、装着する光景は直視できそうにない。

いつの間に下着姿になったのかも気づかなかった。それだけ凪紗は自分のことでいっぱいいっぱいだった。

そっと視線をずらし、瞼を閉じる。心臓の鼓動が速くてドキドキが落ち着かない。

「凪紗」

「っ！」

名前を呼ばれただけでドクンと鼓動が跳ねた。

甘くて優しくて、そしてなにかを懇願するような声音だった。

「先に謝っておく。途中でやめることはできそうにない」

片脚を大きく広げさせられた。その中心部に雄々しい欲望があてられる。

「大丈夫……だから、やめないで？」

「……ッ！　君はことごとく俺を煽るのがうまい」

余裕のない発言とともに先端がグプリと埋められた。

「ン……ッ！」

指とは比べ物にならない存在感だ。メリメリと入口を広げられている。

――すご……これだけで苦しいかも……。

壱弥の屹立《きつりつ》がズズ……と未開の隘路を拓いていく。その狭さに彼もギュッと眉根を寄せた。

「力を抜くんだ」

「う、ん、あぁ……っ」

「……ッ、大丈夫か？」

こくりと頷くが、あまり大丈夫ではない。

痛みは一瞬だけ感じたが、じんじんとした痺れの方が強い。

慣れない異物感が苦しくて、内臓を押し上げる感覚が少し気持ち悪い。

「全部入った？」

「いいや、まだ半分」

「ひぇ……」

もうお腹がいっぱいだ。

「もう少し凪紗の中に入らせて」

艶めいた声で囁かれてドキッとする。片手の指を絡めてシーツに縫い付けられたまま、凪紗は自分に溺れる男の目を見つめていた。

「ンン……ッ」

コツン、と最奥に先端が当たった。すべてを飲み込んだわけではないだろうが、それを確認する勇気はない。

壱弥は「もう少し馴染むまで動かないから安心しろ」と宣言した。その優しさに胸の奥が温かくなる。

「ん……うれしい」

乱れた呼吸が少しずつ落ち着いてくる。体重をかけないように抱きしめられるのも心地いい。

しっとりと汗ばんだ肌を抱きしめていると、体温と鼓動も共有できそうだ。

「痛くないか？」

「ん……ちょっと慣れなくて苦しいけれど、でも壱弥さんとひとつになれてうれしい」

身体の強張りを解いて、ほわりとした笑みを浮かべる。好きな人と繋がれたからこそ愛おしいのだろう。

はじめての痛みも経験も、彼に与えられてうれしさがこみ上げる。

「私、壱弥さんが好き」

心の赴くまま素直な感情を吐露した。一度口に出すと、じわじわと好きという感情が強くなる。

恋愛感情に明白な理由なんてない。触れられたら気持ちよくて、もっと触れてほしい。触れてみたいと思ったら、きっと相手のことが好きなのだ。

「はあ……どうしよう。可愛すぎて死にそうだ。この状況で告白されたら止まらなくなるぞ」

壱弥の目元が赤い。

頼りがいのある年上の男の照れる顔を見て、凪紗の胸がギュッとなる。

「お手柔らかに……？」

「善処する。が、多分無理だ」

不敵に笑った顔が憎らしいほど魅力的だ。凪紗のトキメキが止まらない。

感情と連動するかのように中に埋められた雄を締め付けてしまう。

「……ッ、凪紗」

抗議の声を聞いた直後、腰をグッと押し付けられた。

「ア、アァ……ッ」

律動が開始され、グチュン、パチュンと、淫靡な水音が室内に響く。壱弥の雄々しい欲望は凪紗の弱点を容赦なく刺激した。

「はぁ、ン……ッ、待、って」

「無理、待てない」

壱弥の瞳がギラリと光った。一瞬でも隙を見せたら貪られるだろう。

「あぁ……、や、あ……っ」

ぞわぞわした震えが止まらない。自分のものとは思えないような甘い嬌声《きょうせい》が口から零れた。

胸を弄られ、赤く腫れた蕾をキュッと摘まれた。ビリビリと電流のような刺激が背筋を駆ける。

どこもかしこも壱弥に撫でられるだけで感じてしまう。はじめてなのに苦しさよりも快楽がこみ上げてきて、触れられる箇所が気持ちよくてたまらない。

――お腹の中が苦しくて違和感に慣れないのに、出ていってほしくない……。

臍《へそ》の下をグッと手で押される。

「ひゃあ……ん！」

外側と内側から刺激されて、身体がおかしくなりそうだ。

「凪紗、俺のことだけ考えろ」

身体だけではなく思考も壱弥でいっぱいにしろと命じられているようだ。その傲慢さが不思議と嫌ではない。

――紳士的な壱弥さんも好きだけど、強引で俺様な壱弥さんも好きかも……。

もっと好きになれと懇願されるように抱かれている。凪紗も彼がもたらす熱に翻弄されたい。

「あ、あぁ……ん、はぁ、ンア……ッ」

荒々しく揺さぶられながら快楽を貪る。はじめてなのに気持ちいいと感じるのは相手が壱弥だからだろうか。

——他の人は嫌。絶対無理。

重く怠い腕を持ちあげてふたたび壱弥に抱き着いた。

耳元で「好き」と囁いた途端、被膜越しに壱弥の精が放たれた。

「ああ、クソ……、今のは不意打ちを食らった」

ギュッと凪紗を抱きしめながら、彼は自嘲めいたように独り言を零した。

力を失ったものが凪紗の中から引き抜かれた。その喪失感が寂しくて、でもそれを伝えることははしたないかもしれない。

壱弥は慣れた手つきで手早く避妊具を処理した。

今夜はこのまま一緒に寝てもいいだろうかと考えていると、ピリッとなにかを破く音が聞こえた。

——え？

「君は可愛い小悪魔だというのをよく理解した。次はもっと満足させてやろう」

力を取り戻した壱弥の雄が天を向いている。

男性の欲望を目の当たりにしただけでも驚きなのに、二回戦への突入を理解して頭に疑問符が浮かんだ。

「あの、あれ？　もう終わりじゃないの？」

「まさか。たった一回で終われるはずがないだろう。まだまだ凪紗を可愛がらないと」

「え、ええ？」

驚いている間にふたたび泥濘《ぬかるみ》に楔が挿入された。

「ン……ッ！」

なんなく彼を奥まで招いてしまう。空洞を満たされると心まで満たされるようだが、荒波に飲まれそうだ。

「壱弥さん……っ」

「壱弥でいい」

「壱、弥……」

甘い微笑を返された。満足そうに笑う表情を見ただけで、胸も心もいっぱいだ。ずっとその顔を自分だけに見せてほしい。

「可愛い。その可愛い顔を他の男に向けたらダメだぞ」

「ええ？」

同じことを思っていただけにドキッとするが、壱弥は凪紗が接客業なのに無茶を言った。だが彼が言っているのは今この瞬間に見せている表情のことだろう。

「壱弥……以外とは、こんなことしない」

そんな心配は不要だ。キスをするのも抱きしめるのも壱弥だけがいい。

そっと彼を窺う。壱弥は眉間に皺を刻みながら固まっていた。

「本当、可愛いは罪だな。俺の心臓が止まるかと思った」

「大げさでは……？」

「したくない、ではなくて「しない」と言った。絶対だからな」

念を押されて頷いた。先ほど処女を失ったばかりだというのに、別の男のことを考えることなどできるはずもない。

グイッと身体を抱き寄せられて、壱弥の上に乗せられた。

「あぁ……ンッ」

正面から座ったまま抱きしめられて、楔を深く飲み込んでしまう。

「これ……ふか、ぃ」

「ああ、そうだな。キスもしやすくていいだろう？」

とろりとした甘い声で囁かれる。

情欲が未だに治まらない眼差しを向けられた。

「ん……」

自然と唇が合わさった。深く貪り合いながら、ゆっくりと腰を揺さぶられる。

――ああ、麻薬みたい……。

キスも抱き合うことも、中毒性がありそうだ。少し離れたらさらにほしくなる。もっと、もっとと際限なく欲が湧き上がる。体温も呼吸すらも貪って分かち合いたい。

背中を優しく撫でられる。腰をさすられると、ぞわっとした震えが走った。

壱弥は「キスだけでイケそう」と囁いた後、凪紗をふたたびベッドに寝かせた。

「だが、本番はこれからだ」

夜はまだ長いと言われ、チラリと室内にある時計に視線を向ける。

ちょうど二十三時になったばかり。あと一時間はむつみ合えることを言っているのだろう。

――そうよね？　あと一時間くらいのことよね？

明日も出勤日だ。休日ならともかく、平日の夜なら壱弥も加減をするはず。

「ンン……ッ」

チリッとした痛みがふくらはぎに走った。

片脚を抱えられた状態で、壱弥がキスマークをつけたらしい。

「どこもかしこもうまそうで困る」

「食べ物じゃないから……！」

薄い皮膚に甘噛みをされて、肌がぞくりと粟立った。

両脚を肘にかけられて、結合部を見せつけられる。

「……ッ！」

「凪紗、ちゃんと見るんだ。誰に抱かれているか、その目に焼き付けろ」

卑猥《ひわい》な光景から視線を逸らしたい。だが不思議と壱弥の命令に背けない。

「壱弥……」

羞恥心が刺激され、そのたびに壱弥の雄を締め付ける。中に埋められた楔がドクンと脈打ち、一回り膨張したようだ。

――え？　またおっきく……？

「君は恥ずかしいと感じるようだな。それならもっとたくさん恥ずかしいことをしようか」

「……っ！　え、遠慮します……！」

「遠慮はいらん」

卑猥な光景を見せられながら屹立を奥まで飲み込んだ。苦しいのに嫌じゃないなんてどうかしている。

ググッと一突きされた直後、最奥で精が放たれた。

壱弥は素早く使用済みの避妊具を処理し、ふたたび新たなものを装着する。

「次は背後から、その次は風呂場がいいか」

「え……ええ？」

「好きな体位を見つけよう。凪紗が一番感じるのはどれだろうな？」

体位と言われても、凪紗にはほとんど知識がない。

――なにを想定して……？　というか、体位っていくつあるの!?

たらりと冷や汗を流しながら三回戦に突入し、背後から壱弥の欲望を受け入れた。背中を舐められ、首筋を齧《かじ》られると、さらなる快感がこみ上げる。

「獣みたいでいいな。この細い首もそそられる」

「わかんな……アァ……ッ！」

ゴリッと最奥を穿《うが》たれた。先ほどまでとは違った場所を刺激されて、視界がチカチカと瞬く。

――これ、ダメ……頭が変になりそう……！

理性が蕩《とろ》けて、気持ちいいことしか考えられない。

二回戦までは理性を失っていなかったはずだが、三回戦に突入するともうなにも考えられなくなりそうだ。

「逃げちゃダメだぞ」

無意識にシーツの上を四つん這いで動こうとしていた。冷静さを取り戻したかったが、腹部に壱弥の腕が回り、すんなり引き寄せられてしまう。

「あぁ……んっ」

「可愛いな、凪紗。まだへばるなよ？」

臀部《でんぶ》を摑まれる。もはや壱弥に見られていないところはないだろう。

「む、り……もう、とけちゃう」

「まだ足りない」

意識が飛びそうになるたびに揺さぶり起こされて、浴室に連れ込まれた後もぐったりとした身体を洗われながら交じり合った。

口移しで水分補給をされて甲斐甲斐しく世話をされるが、その間もずっと壱弥の楔は衰えない。

シーツの上で「もう一回」と囁かれながらキスをされて、凪紗は体力の限界を迎えた。うまく働かない頭で考える。一般的な恋人は一晩に何回するものなのだろう。

——私、初心者だったんですが……？

抗議の声は言葉にはならず、抗えない睡魔に誘われるまま意識を手放したのだった。

◆　◆　◆

最後に時計を見たのは朝の三時過ぎだった。睡眠は四時間ほどで、この日の朝ご飯は壱弥が作ったものを手早く食べた。

――一生分の「可愛い」を聞いた気がする……。

可愛いと褒められるのは素直にうれしい。だが、褒められればなんでも受け入れられるわけではない。

「凪紗、やっぱり今日は休んだらどうだ。俺から悠斗に連絡しよう」

「いいえ、仕事には行きますから。イチャイチャしていて寝不足ですなんて言えないですもの」

朝起きたときにした会話を繰り返している。壱弥は献身的に凪紗の世話を焼いているが、元々彼が手加減しなかったせいでこうなっていた。

――腰は痛いし、身体は全身筋肉痛だし、寝不足なのに、化粧の乗りは悪くない……。

ホルモンバランスが整っているのだろうか。理由は深く考えたくない。

「壱弥さんは寝不足じゃないんですか？」

「壱弥だ。呼び方が戻っているぞ。あと口調も」

コーヒーを飲みながら壱弥は眦《まなじり》を下げる。日常会話なのに声が甘く聞こえるのは気のせいではないだろう。

「壱弥は、身体は大丈夫？」

「俺はまったく問題ない。むしろ快調すぎるくらいだ」

――寝てないのに……？

凪紗は思わず口を開けたまま壱弥をまじまじと眺めてしまった。忙しいビジネスマンは日常的に寝不足には慣れているのかもしれない。

「好きな女性を抱けたんだから絶好調に決まっているだろう」

「……っ！　そ、そう」

直球で返されるから困る。凪紗の心臓がドキッと跳ねた。

──本当、恥ずかしげもなくそんなことを言えるなんて……。

彼は本当に日本男児なのだろうか。愛を囁くことに抵抗がなさすぎる。

「だが君の状態を見ていると、少しやりすぎたと反省している。一応五回までで我慢したんだが」

「……五回までで我慢？　え、それって我慢した回数に入るの？」

「入るだろう。あと三回……いや五回はできたぞ」

「ええ……！」

びっくりしすぎて声が出なくなりそうだ。

三十代前半の成人男性の一晩の平均回数はどれくらいなのだろう。

──十代の男性の平均回数がどれほどかもわからないけれど、普通はもう少し衰えているものでは？

もうなにもわからない。

壱弥は八回はしたかったらしいが、十回でも問題ないと言った。それは明らかに多すぎではないか。

今後十回付き合わされることを想像して、ブルッと震えた。こんなところで体力不足を実感することになろうとは思わなかった。

——私、絶対気絶する自信がある……。

「今日から毎日迎えに行く。時間が合えば朝も送るから」

「さすがにそれは悪いので大丈夫」

「俺が凪紗と一分一秒でも多く過ごしたいんだが」

「……っ！」

「嫌か？」

真顔で懇願されると拒絶できない。

——顔も声も素敵すぎてズルい……！　そんなお願い、断れるはずがないじゃない。

「嫌じゃない、です……」

壱弥は口角を上げた。

柔らかい微笑を目の当たりにするとふたたび心臓がドキッと跳ねそうだ。

「口調が戻ってるぞ。次に丁寧語とさん付けで名前を呼んだらなにかペナルティを与えようか」

「え、ペナルティって？」

「凪紗から抱き着いてキスをするというのはどうだ？　ああ、でもそれだと逆に言わせた方がおいしいな」

大真面目な顔で考えることではない。凪紗の顔に熱が上る。

「もう時間ないので！　そろそろ行きますよ！」

「帰ったらキス一回な。ちゃんと舌入れろよ？」

「お、横暴……！」

クスクス笑う顔も憎らしいほど魅力的で、完全に壱弥のペースに振り回されてしまう。だが嫌な気持ちにはならない。

――うう、胸の奥がムズムズする……こんなに毎日ドキドキしていたら寿命が縮むんじゃない？

時間ギリギリまで壱弥と過ごし、壱弥の車ではじめて出勤することになった。

この日は十三時から常連の美香子の予約が入っていた。ジュエリーの洗浄と、年代物のネックレスのリフォームを依頼されている。

「凪紗、なにかいいことでもあった？」

入店早々に尋ねられて、凪紗は美香子の勘の良さに感嘆する。

「さあ、あったようななかったようなな」

「なにその思わせぶりな発言！　あ、わかった。美蘭寿《みらんじゅ》先生の占いが当たったんでしょう？」

――バレた。

店内に他の客はいないとはいえ話しにくい。近くでは翠川がにこにこと凪紗たちを見守っている。

仕事中にあまりプライベートな話をするべきではないだろう。凪紗は平常心を装いながら質問に質問で返すことにした。

「私のことよりも、美香子さんは沖縄旅行どうだったの？」

「はぐらかしたわね？　ちょっと今夜飲みに行くわよ」

――今夜から壱弥さんが迎えに来るんだけど、予定が入ったって言ったら壱弥さんも迎えに来ずに済んで楽になるかな。

早めに連絡を入れておけば問題ないだろう。凪紗は「いいですよ」と、美香子のプランを呑んだ。

「よし、お店予約するわ。なに食べたい？　イタリアン？　エスニック？　夕飯に中華はちょっと重いよね」

美香子がスマホで店を検索する間、凪紗は柔らかい布でネックレスを磨く。

――相変わらず行動が早い。

思い立ったらすぐ行動。その勢いで占いを予約されたのも、思い返せばついこの間のことだった。

「お嬢さんたち、よかったらうちの二階使う？　夕飯テイクアウトしてここでゆっくりしていけば？」

「え、悠斗さんも参加してくれるんですか!?」

美香子が食いついた。元々彼女は翠川のファンだ。

「僕もお邪魔していいなら参加させてもらおうかな」

「ぜひ！」と、美香子はノリノリで答えた。

彼はいつも通りの微笑を浮かべているが、好奇心が隠れていない。

――ああ、悠斗さんまでワクワクしている……！　私と壱弥さんの仲を知りたくてしょうがないって顔だわ。

「でも凪紗ちゃんには怖い番犬がついてるから、一時間くらいで解散になると思うけど」

「番犬？　凪紗、犬飼い始めたの？」

意味深な発言を受けて、凪紗はじとりとした目を翠川に向ける。

「そうそう、ついこの間からね」

「凪紗……あんた結婚相手がほしいって言っておきながら、犬飼ってどうすんのよ」

「いや、違……そうじゃなくて」

──完全にからかわれている……というか、悠斗さんに壱弥さんとの仲がバレてる!?

翠川には壱弥とこうなることがわかっていたのだろうか。相性がいいと思ったのかもしれない。

だがふと、凪紗は壱弥との関係について考えこんだ。

──あれ？　可愛いとか好きとか言われて抱かれたけれど、これってどういう関係なの？

両想いなら恋人と呼べるのだろうか。感情が通じ合った男女はすぐに恋人になるものなのだろうか。

「あれ、凪紗がフリーズしてる」

「なにか気になることがあるみたいだね」

──恋人って、することしていたらなれるものなのかな？

恋愛経験値が低すぎてわからない。今朝からふわふわしていた気持ちがスン、と落ち着きを取り戻した。

恋に浮かれてしまうのは危険だ。正常な判断ができなくなりそう。

「付き合うってどういうことなんでしょうね。結婚前の疑似夫婦みたいな関係のことを恋人って言うんでしょうか」

「なにか混乱してるね」

「疑似夫婦って硬いわ。みんなそこまで覚悟を持って付き合ってないから」

翠川は色の違うリングを数点トレイに載せて凪紗に見せる。

「これ見て思うことは？」

「綺麗ですね」

「そう、綺麗〜可愛い〜好きって感情でしょう。で、同じような感想を抱ける相手を恋人と呼ぶくらいの軽い気持ちでいいんじゃない？」

「つまり恋人とはアクセサリー？」

「それは語弊があるけれど。でも根本の気持ちは似てるんじゃないかな。大事なネックレスを身につけるだけで気持ちが前向きになってテンションも上がるでしょう？　大切な人が傍にいてくれるだけで心が落ち着いたり元気になる」

「好きな人って精神安定剤みたいなところがあるよね」

美香子が知り顔で頷いた。

仕事を恋人と呼ぶ翠川は、恋愛もジュエリーに例えるらしい。だが同じ石好き仲間としては、その感覚に納得できる。

「ごちゃごちゃ考えずにシンプルな気持ちでいいんじゃないかな。一目惚れしたジュエリーをお迎えしたいという気持ちと同じように、一緒にいたいって思える相手と巡り合えたらいいよね」

恋愛感情とは相手の傍にいたいと思えるかどうか。その気持ちだけで十分ではないか。

「まあ、結婚となったらいろいろ条件が厳しくなるけれど。付き合うなんて、好きという感情が一番で、傍にいたいと思えたら十分なのよ。それで結婚相手として譲れない条件を満たしていたら、結婚を意識すればいいんだし」

「なるほど、勉強になります」

傍にいたいと思えるかどうか。そのシンプルな感情だけでいいのではないか。

――それはもちろん、傍にいても許されるなら一緒にいたい。

壱弥の笑顔を特等席で見つめていたい。彼が触れる女性は自分だけがいい。

ほのかな独占欲にも気づかされる。たとえ将来を約束していなくても、今が満たされているならそれだけでいいではないか。

欲張りになってはいけない。あれもこれもとほしがったら、凪紗の手から幸せが零れ落ちるだろう。

――人間は欲望まみれだから自制しないと。ひとつ手に入ったら次はもっと上を望んでしまうもの。

人間の欲には際限がない。傍に居られるだけで満足だと思っていても、それが叶った後はさらなる願望が湧き上がる。

「それで、凪紗ちゃんにとって壱弥は結婚相手として合格なのかな？　あ、ごめん。これってセクハラ？　パワハラ？」

「悠斗さん、イチヤって誰ですか？　っていうか、やっぱり凪紗は恋人ができてたの!?」

「そこんところも今夜じっくり訊き出してみて。僕からは直接訊きにくいし」

翠川は美香子に誘導尋問させる気だ。にこにこと笑っているが腹の中が読み取れない。

凪紗はひくりと頬を引きつらせる。

「……あ、いらっしゃいませ！」

タイミングよく入って来た客に声をかけて、凪紗はそそくさとふたりから離れた。

閉店後、約束通り美香子と翠川の三人で夕食を共にした。出会いからの経緯を聞いた美香子はさすがに驚いていたが、感心したように凪紗を祝う。

「運命ってそんなところに転がってるものなのね。っていうか、悠斗さんが最初から壱弥さんを紹介していたらよかったんじゃ？」

「頼まれてもいないのに無理でしょう。僕がセクハラになるよ。今まで凪紗ちゃんから恋愛相談なんて受けたこともないし、興味もなさそうだったから」

恋愛にアンテナが向いていない状態で壱弥を紹介されても負担になるだけだとわかっていたのだろう。凪紗も自分の性格を理解しているため、少し前までの自分に「紹介したい男がいるんだけど会ってみない？」と言われたら丁重に断っていたと思う。

「恋愛ってつくづくタイミングですよね」

「あの、美香子さん。そもそも私、恋愛相手にどうですか？　って言われて壱弥さんを紹介されたわけじゃないからね？」

「壱弥は普通にうちの、というかじいさんの顧客だからね。どこかで出会うとは思っていたけれど、僕としてもこの展開は予想外だよ」

　翠川は普段通り微笑んでいる。彼が積極的に壱弥と凪紗を引き合わせたわけではないのだろう。

　――ちょっとだけ、もしかして？　って思ったけれど。違ったみたいね。

「それにしても、やっぱり美蘭寿《みらんじゅ》先生の占いは当たってるじゃない。私もまた占ってもらおう。次はタロットもいいよね」

「僕は自分が作った指輪が誰かのお守りになるなんて光栄だよ。……あ、来たね」

　翠川の視線が扉に向けられた。いつの間にか壱弥を呼び出していたらしい。

　仕事帰りだというのにくたびれた様子もなく、朝の出勤時と同じく一切隙が感じられない。スーツ姿で立っているだけで威圧感があった。

「今夜の迎えはいらないって連絡したはずだけど」

「僕が呼んでおいた。一応ワイン一本空けてるからさ、ひとりで帰すのは危険かなって」

「ひとり一本じゃないですよ？　三人で一本ですよ？」

　元々翠川の面倒見はよかったが、壱弥とふたりで過保護すぎないか。

「待って、超絶美男子が現れて呼吸困難になりそう！　なにここ、非公式の握手会？　サインもらえる!?」

「美香子さん、違うから。グラス一杯で酔わないで」

壱弥が現れたことで酔いが回ったのだろうか。いつもは顔色が変わらない美香子の顔が明らかに酔っている。

「タイミング悪かったか？　迎えに来たんだが」

「ぎゃあー声もいい！　凪紗、結婚式には呼んでね！」

「いきなり飛躍しすぎじゃない!?　ちょっと、お水飲んで旦那さん呼んで！」

わちゃわちゃしながら美香子を見送り、凪紗も壱弥の車に乗り込んだ。楽しい夜だったが、予想外のことも多かった。

「凪紗の友人にも会えてよかったが、今度ちゃんと挨拶しようか」

「うん、酔ってないときにでも」

――って、待って。挨拶ってなんの？　それは彼氏として？

じわじわと熱が上がりそうだ。友人に恋人を紹介する日がやってくるなんて考えたこともなかった。

――恋人……壱弥は私の彼氏ってことでいいのかな。

すっかり自宅となった壱弥の部屋に帰宅した。まだ夜の九時前で寝るには少々早い。

「さて、凪紗。今朝の会話は覚えているか？」

「な、なんでしたっけ……」

上機嫌な笑みを浮かべる壱弥から一歩距離を置いた。凪紗は視線を彷徨わせて、「お茶でも淹れてこようかな」と話題を逸らす。

「こら、逃げるな。帰ったら凪紗からキスをするという約束だっただろう」

「約束というかペナルティというか」

しかも壱弥が勝手に言いだしたことだ。凪紗は了承した覚えはない。

「荒療治でも数をこなして慣れないと、君はいつまで経っても恥ずかしがりそうだからな。まあそれもそそられるが」

なにやら不穏なことを呟きだした。恥ずかしいことを積極的にさせるつもりだ。

凪紗が戸惑っている間に、壱弥はソファに腰を下ろす。「凪紗」と優しく名前を呼ばれるだけで胸の奥がキュンと高鳴った。

「今日一日、君と離れていて寂しかったんだが、君は違うのか」

「え……と」

「一瞬でも俺のことを思い出した？　考えてくれたか？」

直球でそんな質問をするなんてズルい。仕事中はなんとか平静を装っていたが、気を抜くとすぐに壱弥のことを考えていた。

「考えない方が無理でしょう」

「そうか。それなら君から抱きしめてくれるよな？」

日中寂しかった時間を埋めるように抱きしめてほしい。でも壱弥は自分から凪紗を抱きしめるより、凪紗から飛び込んできてほしいと言う。

ソファに座ったまま広げられた両腕を見て、凪紗は顔を火照らせる。

男性への甘え方など知らない。どうやって恋人に甘えたらいいのかもわからない。

——きっとその機会を与えてくれているんだわ。

凪紗は壱弥の前に立つと、そっと彼の頭を抱きしめた。自身の胸に抱き込むように、形のいい後頭部を優しく撫でる。

「……そういうことじゃなかったんだが、これはこれでいいな」

「なにか間違えた？」

「いいや、俺が甘やかされている気分になっただけだ。凪紗の香りを堪能できる」

壱弥の顔が凪紗の胸元に埋められる。なにやらスーハーと吸われているのは気のせいではなさそうだ。

「だが君が座るのはここだ」

「きゃっ」

腰をグイッと抱き寄せられて、壱弥の膝の上に座らされた。彼の膝を跨《また》ぐように座らされると、膝丈のスカートが太腿の真ん中までずり上がる。

「壱弥さん……」

「名前戻ってるぞ。ペナルティは二回だな」

スカートとストッキングの間に手を差し込まれた。大きな手が太腿をまさぐり出す。

ぞわぞわとした震えが背筋に走る。昨晩の情事を思い出して、身体の内部から熱が膨れそう。

「……っ、ペナルティって」

「凪紗からキスをすることだったが、それだけじゃ物足りないか？」

挑発的な笑みがよく似合う。彼はネクタイの結び目に指を差し込んで首元を緩めた。

そんな仕草だけでも直視しがたいほど色っぽい。隠しきれない色香を吸い込んで、凪紗は酩酊状態に陥りそう。

――今さらお酒に酔ったみたい。

ワインをたった一杯飲んだだけなのに、時間差でアルコールの酔いを感じているようだ。

目がとろりととけて、甘い蜜に惹かれるようにそっと壱弥の下唇に吸い付いた。

皮膚を合わせるだけでは物足りない。彼の唇は凪紗を招き入れるように薄く開いた。

拙《つたな》い動作でおずおずと舌を挿入する。これで合っているのかと不安になりながらも、壱弥の舌を探し求めた。

「ン……」

肉厚な舌をたどたどしく舌先でなぞる。口内が熱くてクラクラしそうだ。

——どうしよう。恥ずかしくてドキドキしすぎて、酔いが一瞬で回ったみたい。

くちゅり、と唾液音が響く。壱弥のシャツを無意識に握りしめていた手が震えそうだ。

なんとなく気配を感じて閉じていた目を薄っすらと開くと、壱弥の視線とかち合った。

劣情を隠しもしない視線の強さに驚いて離れようとするが、すかさず彼の手が凪紗の後頭部を引き寄せる。

「あ……まっ」

「待たない。焦らしすぎだ」

「ンンーッ！」

腰をがっしりと抱き寄せられて、後頭部も固定された。壱弥の舌が貪るように凪紗の口内に攻め入る。

逃げる舌を引きずり出されて絡められて、粘膜をざらりと舐められた。ぞくぞくとした震えがこみ上げて、凪紗の官能を刺激する。

下腹がズクンと疼いて止まらない。はじめて繋がってから一日しか経過していないというのに、身体はもうこの先の気持ちいいことを待ち望んでいる。

「んぅ、はぁ……っ」

息継ぎが苦しい。酸素まで奪われそうだ。

彼の不埒《ふらち》な手が凪紗の臀部を撫でる。布越しに触れられるのがもどかしいだなんて知りたくなかった。

「ストッキングが邪魔だな。破いていいか」

耳元で囁く台詞がケダモノめいている。だがちゃんと許可を取るのが律儀で壱弥らしい。

「ん……大丈夫」

替えのストッキングはまだ残っている。見つからなければ明日はパンツを穿いて行けばいいだろう。

首筋にキスを落とされた。壱弥の唇の熱さが凪紗の皮膚をじりっとさせる。

「あぁ……」

意識が逸れたとき、太腿のあたりに違和感を覚えた。ピリッとした音が響く。

ストッキングの隙間に壱弥の温度が直接伝わった。彼の温かな手が凪紗の肌に触れる。

不埒な指先が凪紗の割れ目を下着越しになぞった。湿り気を帯びた音が鼓膜に伝わり、凪紗の腰がビクッと揺れる。

「濡れてるな」

「……っ」

耳元で囁かれた声だけで愛液が滴《したた》り落ちてしまいそう。愉悦が滲んだ声は蜜のように甘い。

「あ……ダメ、そんないじっちゃ……っ」

「もうとろとろじゃないか。我慢はよくないぞ？」

下着越しに触れられるのがもどかしくてじれったくて、腰が自然と揺れた。

ストッキングが破れる音が卑猥だなんて気づきたくなかった。

——どうしよう。恥ずかしいのにここでやめてほしくない。

このまま抱かれてしまうのだろうか。二日連続で肌を重ねるのは淫らすぎるのではないか。

「凪紗」

名前を呼ばれながらふたたびキスをされた。唾液で濡れた唇を壱弥の舌が舐めとる。

そんな行為だけで全身が震えるほどドキドキする。胸の鼓動が激しくて逃げたいのに、このまま彼の熱を貪りたい。

「このまま君を喰らっていいか」

情欲に濡れた瞳が凪紗の理性を溶かした。心の赴くまま彼の望みを聞き入れる。

「食べてほしい……」

そっと壱弥の頬に触れる。滑らかな肌は憎らしいほど欠点が見当たらない。

「あ、でも、避妊は……」

「ちゃんとする」

一体どこに避妊具を隠し持っていたのやら。用意周到さが壱弥らしい。

彼の雄を直視するにはハードルが高い。ベルトを外す音が生々しく響く。

「凪紗が上に乗るのはまだハードルが高いな」

そう思ってくれる理性は残っていたようだ。壱弥は凪紗をソファに押し倒すと、下着の隙間から指を挿入した。

「あ、ん……っ、待って、脱がないの？」

壱弥の指を締め付ける。中を擦られるだけで快感がせり上がりそうだ。

「脱ぐのは後で」

つまり一回では終わらないということか。

――二日連続で寝不足は遠慮したい……！

下着の隙間から壱弥の楔が挿入された。昨晩の回数は多いが、身体はまだ彼を容易く受け入れるほど馴染んではいない。

「アァ……ッ」

「まだ狭いな」

キュウキュウと屹立を締め付けながら壱弥を奥まで招き入れた。空洞が満たされると心までお腹がいっぱいになるらしい。

――苦しいけれど、うれしい……。

内臓を押し上げる感覚は慣れそうにないが、ひとつになれた喜びは心の奥から湧き上がりそうだ。

「凪紗、今夜はまだ長いからな。この後は一緒に風呂に入ろう」

時刻は夜九時半を過ぎた頃。入浴した後はどうするつもりなのか、確認するのが恐ろしい。

「あの、今日はちゃんと、寝かせてね？」

「そうだな、十二時前には寝ようか」

律動が開始された。膣壁を擦られながら、新しい避妊具をネット注文したことを聞かされた。

「ン……ッ、それって、何箱……」

「知りたい？」

理性が「訊かない方がいい」と訴えている。凪紗は咄嗟に首を左右に振った。

――そうだった。三十二歳の男性が一晩でできる回数を調べてなかった……！

平均的な回数は何回なのだろう。さすがに翠川に尋ねる気にはなれないが、一晩で避妊具をひと箱使いきることはないはずだ。

思考が快楽に塗りつぶされる。凪紗は甘い嬌声を上げながらも、回数制限は設けるべきだと心に決めた。

◆　◆　◆

壱弥と結ばれてから一週間が経過した。

季節は本格的に夏になり、連日厳しい暑さが続いている。セミの鳴き声を聞くだけで身体から汗が噴き出しそうだ。

――私の身体も毎日溶けてしまいそう……。

すっかり壱弥の部屋で寝起きするようになった。自室に戻ろうとするたびに壱弥に抱き寄せられて、彼の寝室に運ばれる。精神的には満たされているが、体力不足が身に染みる。

――あの人はなんであんなに元気なんだろう？　私より寝てないはずなのに、日頃から鍛えているから？

気絶するように眠りに落ちて、朝は身体がさっぱりしている。どうやら壱弥が濡れタオルで残骸を拭ってくれているようだ。彼は甲斐甲斐しく凪紗の世話をするのが好きらしい。

毎晩店まで迎えに来てくれるおかげで壱弥と過ごす時間も増えた。言葉と態度で愛情を惜しみなく伝えてくれるため、自分は壱弥の恋人なのだと自信を持って言える。

甘やかされることには慣れていないが、それも時間の問題だろう。凪紗はすっかり壱弥の紳士的で強引なところにも惹かれていた。

――次のお休みは一日デートができたらいいな。

明後日の日曜日は凪紗の仕事も休みの予定だ。シフト制のため休みが週末にかぶることは月に二回ほどしかない。

付き合いだしてからはじめて一緒にいられる週末だ。きっと壱弥も予定を立てているだろう。

――付き合い始めが一番楽しいって話を聞いたことがあったけれど、本当かもしれない。なにをするのも胸がときめいてうれしい。

ひとつずつふたりの思い出が蓄積されていく。これからふたりで行くところは思い出の場所になっていくのだろう。

――壱弥はなにが好きでどんなところに行きたいのかな。そういえば趣味の話は聞いたことがなかったかも。

まだ知り合って間もないため共通の趣味があるのかもわからない。これから少しずつ互いの知らないことを知っていけたらいい。

――本当、後先考えずに東京に来てよかったな。気になるものをひとつずつ試して、自分の好きを増やせるようになったもの。

勇気を持って一歩を踏み出せば、幸運をつかみ取ることもできるのだろう。行動した先に幸運は舞い込んでくるものだ。

凪紗は自分の運の良さと人との出会いに感謝する。

「お待たせしました。ボンゴレビアンコです」

今日は店の近くにあるカフェでパスタランチを注文した。サラダとドリンクがついて千円というお手頃価格だ。

予想外にガーリックが利いたボンゴレビアンコを食べる。後で歯を磨いて口臭ケアをしなくてはと考えつつも、プロが作るパスタをじっくり味わった。

食後にアイスティーをゆっくり飲みながら、ふとバッグに入れっぱなしだった封筒を思い出す。

「私宛に手紙が来てたのよね」

店宛に宅配便が届くことは珍しくないが、ただの手紙が来ることは滅多にない。

差出人を確認すると、見知らぬ弁護士事務所からだった。その事務所の在処を見て、嫌な気配に眉を顰める。

――地元と同じ県の弁護士事務所……なんで急に？

なにも訴えられるようなことはしていないはずだ。それよりも凪紗の職場に届いたことがゾッとする。

弁護士なら凪紗の居所を探すことなど簡単なのかもしれない。法律に詳しくはないが、なにかしらの開示請求を行えば容易いだろう。

見なかったふりをしたいが、このまま放置したら後々問題になるかもしれない。自分だけの問題ならどうとでもなるが、職場に迷惑がかかるのは嫌だ。

「はあ……」

ビリビリと封を開けた。紙一枚のプリントに目を通す。

内容は覚えのない訴訟関係ではなかったが、凪紗にとっては同じくらい嫌なものだった。

——おじいさまが危篤状態……？

一瞬で冷や水を浴びせられた感覚に陥った。初デートを考えて浮足立っていた高揚感が嘘のように消えている。

幸い祖父は一命を取り留めたが、いつ病態が悪化してもおかしくないらしい。

齢八十を超えている老人だ。体力的にも完全な回復を見込むのは厳しいだろう。

——漠然と、おじいさまは百歳までは生きると思っていたけれど。いつの間に病気を患っていたんだろう。

家を飛び出してから絶縁状態ではあるが、簡単に祖父を切り捨てられるほど凪紗は割り切れていなかった。これまでの感情がぐちゃぐちゃにせめぎ合いそうになる。

だがそんな感情に流される余裕はない。手紙に綴《つづ》られている内容に目を瞠った。

——危急時遺言の作成……？

弁護士と医師の三名が証人となり、遺言者の意向を口頭で確認し書面化したものらしい。通常遺言書は後に作成されたものが優先される。元々祖父は公正証書遺言を作成していたはずだが、そちらは無効になったのだろう。

だが問題はその遺言書に凪紗の名前も記されていることだった。

そもそも凪紗は祖父、斉昭《なりあき》の養女になっている。遺言書があったとしても遺留分が優先され、相続放棄をしない限り祖父の遺産を受け取る権利が発生する。

——生死の狭間を彷徨う間、周囲の人間は相続問題に巻き込まれるのね。

生々しい現実を目の当たりにしてげんなりしてきた。

手紙には今後についての説明のため、話し合いの場を設けたいとのことだった。恐らく伯父夫婦も同席するのだろうと思うと今から消化不良になりそうだ。

自由を求めて家を出たのに、家族とは簡単に絶縁できないらしい。しかるべき手段を使えば居所などバレてしまう。

「……私は普通の幸せがほしかっただけなんだけど」

好きな人ができて恋人同士になれて、これから幸せを味わえると思っていた。だが仮初《かりそめ》の自由を謳歌していただけだったようだ。

心にぽたり、と黒いシミが落ちる。

ずっと耳を塞いでいたのに、その手を強制的に外された気分になった。

第四章

『いいですか、凪紗さん。あなたはお人形なの。お人形はね、感情を出してはいけないのよ』

凪紗が覚えている一番古い記憶は、伯父の妻から言われ続けた呪いのような言葉だった。

その言いつけ通り、凪紗は二十二年間、操り人形のように生きてきた。

やりたいことを押し殺して意見も飲み込む。

澄桜家に必要なのは当主が決めたルールに従う従順な人間だけ。凪紗は澄桜家に生まれた唯一の直系の女児として、巫女になるべく育てられた。

清廉《せいれん》であれ、俗世に染まるなと、日常生活は厳しく管理された。

歪《いびつ》な家庭環境に気づいたのはいつだったのかも思い出せない。恐らく小学校に上がった頃には、自分に父母がいないことを疑問に思っていた。

『おじいさま、私のお父さまとお母さまはどこにいるのですか？』

礼儀作法に厳しい祖父になにかを尋ねるときはひどく緊張した。厳格で血縁者にも厳しく、幼い孫娘を甘やかすこともしない。

『言っただろう。お前の父母はもうこの世にはいないと』

彼らは凪紗を残して事故死した。物心がつく前に亡くなったため、凪紗は覚えていないらしい。

だが成長するにつれて、何故祖父は自分を澄桜家の養女に迎えたのだろうと疑問を抱きだした。

凪紗の父は祖父の次男だが、澄桜の名前を捨てて母方の婿養子に入ったらしい。

凪紗を引き取るときに苗字が異なるとなにかと不便だったのかもしれない。だが同居している長男夫婦の養女として迎えてもよかったのではないか。

しかし義伯母には嫌われているため、きっと彼女が反対したのだろう。凪紗に厳しく感情を制御するように強いてくるのだから、単純に娘にしたくなかったのかもしれない。

大人の顔色を窺いながら成長し、思春期を迎える頃には漠然とした違和感が大きくなっていた。

肌にまとわりつく言いようのない居心地の悪さが気持ち悪い。一度酸素の薄さを自覚すると、自由を渇望したくなった。

このまま家業である神社からずっと出られないのだろうか。一生都合のいい人形として生き続けなければいけないのだろうか。

地元の人たちは凪紗を澄桜の巫女として敬ってくるが、凪紗になにか特別な力があるわけではない。ただ言われた通りに神楽を舞い、お守りを作り、自分の務めを果たすだけだ。凪紗が生まれる一年前に亡くなった祖母は、地元の人たちに随分慕われていたようだった。澄桜の巫女に相談すれば失せ物が見つかるという噂が根付くほどに。

日頃から参拝客の相談に乗り、悩みを聞いてきた巫女と凪紗を同一に考えられては困る。凪紗にそのような特技はないのだから。

しかし頼って来た人を突っぱねることもできず、凪紗は少しずつ呼吸が苦しくなった。

——私はおばあさまではないのに。なんで比べられるんだろう。

求められるまま自分を偽り、押し付けられる偶像を演じ続ける。微笑を浮かべて相談に乗り、程よいタイミングで相槌を打ちながら相手が望む言葉を授ける。

こんなのはペテン師のようではないか。

巫女としての務めがあるため部活にも入れず、バイトも許されない。一日の生活はすべて管理され、唯一の自由は学校の中だけだ。

巫女は清廉潔白でなくてはならないと不純異性交遊は禁止され、学業においては澄桜の名に恥じない成績を求められた。

息がつまるような日々を送るが、幸いなことに地元の国立大学なら進学を許された。恐らく高卒よりも学歴があった方がより良い縁談が来るだろうと思ってのことだろう。

進学先も専攻も、自分で決める自由はない。すべて澄桜に箔《はく》をつけるためのアクセサリーだけでしかなくて、凪紗はただ粛々と従うだけ。

成人してまもなく、凪紗にいくつかの縁談が舞い込んだ。だがそこでも伴侶を選ぶ自由は与えられず、当然のように当主である祖父が凪紗の相手を見繕う。

――ここは酸素が薄い。

神社の敷地内は外界と隔離されたような静謐《せいひつ》な空気が漂っている。一歩入るだけで背筋が伸びるような心地になるが、凪紗にとっては威圧的だ。

鳥居をくぐった瞬間から深く呼吸ができなくなる。

期待してはいけない。欲を出してはいけない。自分のために生きてはいけない。

誰かのために生きることを強いられて、その生き方を「幸せ」だと言わされる。

青春など縁遠く、恋愛は不要。オシャレは最低限のみ許されて、髪とメイクは巫女としての印象が第一だ。

幼少期からずっと髪型は同じで、好きで髪を伸ばしているわけではない。好きで着物を着ているわけでもない。

ただ求められる様式美を損ねないように強要されているだけ。

諦めることに慣れれば多少呼吸もしやすくなった。きっと自由を求めることは贅沢なのだろう。

けれどそんな凪紗を嘲笑《あざわら》うかのように、自分の生い立ちを知らされた。

『お前まだ知らなかったのか？　実の両親が生きていることを』

縁談が決まった直後、従兄《いとこ》の貴明《たかあき》から聞かされた真実は凪紗の動揺を誘った。

両親が事故死したから祖父に引き取られて養子になったのではない。次男夫婦の元に女児が生まれたから、無理やり祖父が凪紗を奪ったのだ。

長男夫婦の元には貴明しか生まれなかった。だが澄桜の神社は代々巫女のおかげで繁栄している。

数世代前の巫女が記した書物には占い結果が記されている。その正確性と適格な占いは裏御籤《うらみくじ》と呼ばれており、占いの書物は密かに予言書として広まっていた。長年地元の政治家のみならず遠方からも政財界、経済界の重鎮が訪れるほどに。

代々の澄桜の巫女は、抽象的な占い結果を紐解いて解釈し、言語化して伝えるのが役目だった。祖母の死後は宮司である祖父がその役目を担っていたが、やはり巫女の役目というのが根強かったらしい。澄桜の直系女児を欲していたのだろう。

無理やり次男夫婦の元から凪紗を奪ったせいで、両親は離婚したそうだ。今ではそれぞれ再婚し、凪紗を忘れて幸せな家庭を築いている。

その事実を知らされた凪紗は形容しがたい感情の渦に飲まれそうになった。

両親が生きていた喜びと、平凡な幸せが奪われた悲しみが押し寄せてくる。

──私はひとりぼっちなのに、彼らは自由に生きているのね。

率直に、ズルいと思った。

だが、会ったことのない人たちへの嫉妬は続かず、すぐにどうでもよくなった。

想像でしかないけれど、凪紗の父が母方の婿養子に入った理由は澄桜の家が嫌いだったからではないか。

そして嫌いな家に娘が奪われたとなれば、多大な苦痛を味わっただろう。人生を歩むはずだった伴侶も失ったのだ。彼らに嫉妬するなど間違っている。

凪紗はふたたび諦めることにした。

もしもなんて考えたって無駄な幻想だ。自分はただ与えられた役割を全うするだけ。

きっと嫁いだ先で娘が生まれれば、澄桜の家に引き取られるのだろう。凪紗がそうであったように、自分も同じことを繰り返すのだ。

期待してはいけない。なにもかも諦めて、流されるように生きればいい。そうすれば酸素は薄くても呼吸が苦しくなることはないから。

……そう思っていたのに、先に凪紗の結婚相手が己の役割から逃げた。

その瞬間、凪紗はずっと堪えていた糸が切れてしまった。

——逃げよう。私だって逃げる権利はあるんだ。

たった二十二年間しか生きていない。人生に悲観するには早いのではないか。もっと自由を求めてもいいのではないか。

誰も従順な人形だった凪紗が逃げ出すとは思わなかったのだろう。監視の目もなく、凪紗は混乱に乗じてすんなり家を飛び出すことができた。

まるでなにかに導かれるようにすべてがスムーズに進んだ。

人目につかずに神社を抜け出せて、たまたま通りかかったタクシーを拾えて、たまたま待ち時間もなく電車に乗れた。気持ち悪いほどうまくいきすぎて、なにかの罠かと疑うほどだった。

自由に生きたくて、もっと楽に呼吸がしたくて。後ろを振り向かずに人が多い東京へ向かった。

心は空っぽな状態だけれど、これから澄桜凪紗を作ればいい。ひとつずつ好きなものを見つけていきたい。

『ねえ、君は石に興味ある？　よかったらこれ覗いてみて。僕と一緒に宇宙を感じてみたくない？』

大学時代の友人の伝手《つて》で翠川を紹介された。石に興味なんてこれっぽっちもなかったけれど、ルーペで覗いた内包物は美しかった。

『綺麗……』

素直に綺麗だと思えたことに驚いた。自分の感情が動いた証拠だから。

『うん、綺麗でしょう。何百万年もの時間をかけて原石が出来上がるんだ。これってすごいことだよね』

宝石は地球からの預かり物だ。そう説明されながら石に触れていると、自分の悩みや立場などがちっぽけに思えた。

――私の悩みなんて、宇宙からしてみたらゴミクズ以下かもしれない。

自然と微笑みが零れた。

これまでの澄桜凪紗が人形だったのなら、これから人間として生きていけばいい。

少しずつ新しい経験を積み重ねて、感情が強く動いたものと積極的に関わって凪紗を作り上げてきたのだが、根本的な解決をするべきだったのだろう。

新しい自分に生まれ変わりたいなら家族と絶縁の手続きをするしかない。

現実逃避はもうおしまいだと、神様から告げられているように思えた。

◆　◆　◆

弁護士からの手紙をバッグに仕舞った後、凪紗はスマホで弁護士事務所が存在するかをロではない。

確認した。祖父の危篤を知って動揺したが、弁護士事務所の名を騙《かた》った詐欺の可能性もゼ

――この事務所はちゃんと存在するみたい。サイトが正しければ、だけど。

凪紗が実家にいた頃に顧問弁護士と鉢合わせしたことはない。だが古くから地元に根付く神社であれば、付き合いの深い弁護士と顧問契約をしているはずだ。

真夏だというのに手が冷たい。アイスティーを飲んだせいではなさそうだ。

――冷静にならなくちゃ。本当は危篤でもなければ遺言書もデタラメかもしれない。ただ私をおびき寄せるための餌として伯父様たちが手紙を出させたのかも。

だがどうやって居場所を突き止めたのだろう。役所にも住民票の閲覧制限は出していた。

――東京に来てから一度も澄桜の関係者とは接触していないわ。これまで店に澄桜の関係者が現れたこともなかったし、神社にも参拝していないはず……あ、でも美香子さんに連れて行かれたことはあったけど。

そのとき誰かに顔を見られたのだろうか。誰とも挨拶は交わしていないが、凪紗を知る者がいないとは限らない。

世間は思っている以上に狭いものだ。神社の横の繋がりは侮《あなど》れない。

残りのアイスティーを一気に飲み干した。手紙を読んだ後から心臓が嫌な音を立てている。

置き手紙を一枚残して居なくなった凪紗のことを、祖父も伯父夫婦も許してはいないだろう。時間が経てば怒りは薄れるとは言うが、身内には粘着質な傾向がある。もしかしたら祖父は元気で、ただ凪紗を家に連れ戻したいだけかもしれない。新しい婚約者を見つけたため、ふたたび凪紗を利用するつもりかもしれない。

──否定できないのが辛い。あの人たちは家のことしか考えていないもの。

祖父の死に目に一目、孫娘の顔を見せたい。愛情深い家族なら遠方に住む親類を呼び寄せることもあるだろうが、残念ながら凪紗の伯父夫婦はそんな殊勝なことを願う人たちではない。

いずれ家督を継ぐのは夫妻の息子である凪紗の従兄、貴明だ。だが澄桜の神社は巫女の影響力が強い。娘がいなかった伯父夫婦にとっては歯がゆい気持ちもあったのだろう。

あれこれ疑うことはたやすいが、第三者からの手紙となれば事実が綴られているはずだ。弁護士なら中立の立場だと思いたい。

「おじいさまの息がかかっていたら中立性なんて……っていけない、お昼休みが終わっちゃう」

バッグを持って会計を済ませた。カフェから店まで徒歩五分以内で帰れる。

だがカフェを出た瞬間、凪紗の肌がピリッとひりついた。心臓が嫌な音を立てる。

──誰かに見られてる。

あからさまに凪紗を見つめている人はいない。だが凪紗の勘が告げている。

これまで自分の直感を信じて生きてきた。その直感が外れたことは一度もなかった。

不自然に見えないようにバッグからスマホを取り出して時間を確認する。スマホを片手に持ったたままいつもとは違うルートで歩き出した。

大通りから一本外れた道を歩く。人通りは少なくなったが人の目はきちんと確保できた。

――やっぱり誰かついてくる。あのスーツ姿の男性は普通のサラリーマンではなさそう。政治家のSPをしていそうな男が二名、一定の距離をあけてついてくるようだ。途中でコンビニに寄って飲み物を買った後も彼らの姿を確認できた。

――誰の手先？　おじいさま？　伯父さま？

澄桜から要請されて迎えに来たにしてはいささか物騒だ。まるで力づくでも連れて来いと命じられているかのよう。

このまま職場に戻ったら翠川に迷惑がかかる。接客中に彼らが接触してきたら逃げられない。

――どうしよう。あの人たちの目的がわからない以上、店に戻らない方がいいかもしれない。悠斗さんに連絡……も、やめた方がいいかも。

誰かに凪紗のことを訊かれても、なにも事情を知らないと言い切った方がよさそうだ。翠川は器用なため演技も得意だと思うが、嘘をつくより知らない方が安全だ。

　ふたたび大通りに戻り、凪紗は人ごみに紛れることにした。駅に向かえばショッピングモールもある。

　混雑している人ごみの中に紛れ込んで目についたブティックに入った。奥へ進み、入口から死角になっている場所に身を潜める。

　――咄嗟にここまで逃げてきちゃったけど、どうしよう。というか、手紙を読んだ直後にこんな目に遭うとか、タイミングがよすぎじゃない⁉　ずっと見られてたの？

　数日前から見張られていたのだろうか。昨日までは人の気配を感じなかった。

　やはり住所を特定したのは最近なのではないか。そして誰かが凪紗を狙う理由のひとつは遺産相続の可能性が高い。

　遺言書の内容はわからないが、人を仕向けてくるということは恐らく凪紗に優位なことが記されているのだろう。そしてそれを一番面白く思わないのは伯父夫婦だ。

　――まさか遺産の半分を私に渡すとか、そんなことが書かれていないわよね？

　死期が近づいた老人がなにを願うのかはわからない。だが多少なりとも凪紗に悪いことをしたと思っていたとすれば、償いとして凪紗に遺産の大半を相続させようとするかもしれない。

　ものすごくありえそうで背筋がぞわっとしてしまった。

　お金はあればあるだけ助かるが、自分で稼ぐからこそ意味がある。ほしいジュエリーだって、コツコツと貯めた資金で購入するから喜びも増すのだ。

――弁護士の手紙にも手続きが発生するとか書かれてた。やっぱり相続を放棄するにも家に戻らないとダメなの？　話し合いの場になんて行きたくないんだけど！

対面で書類にサインしないといけない決まりなんてあるのだろうか。法律は専門外だ。わからないことが多すぎて混乱する。

「お客様、どうかなさいましたか？」

凪紗がうつむいたまま動かないことを不審に思ったのだろう。店員に声をかけられて、凪紗はハッとした。

「いえ、すみません。大丈夫です。少し考えごとを」

目についた服を二着手にし、試着室に案内してもらった。

個室に入るとようやくホッと息が吐けた。

――状況はなにも変わってない。自意識過剰じゃなければ、私は追われている。

警察に相談するべきだろうか。だがなんて言えばいいのだろう。

――警察に通報して余計大ごとになったらどうしよう。周囲の人たちの迷惑にはなりたくない。

心細いときに頼りたい相手は壱弥しかいない。だが彼に連絡したくても、なんて言ったらいいのかわからなくなった。

──ダメだわ。私の事情を知らせていないもの。

もう少し関係が進んだら彼に明かそうと思っていた。家族とは絶縁状態であることと、家には帰れない理由を。

そもそも未来を約束したわけではない相手を巻き込むべきではない。結婚を前提に付き合っているわけではないのだ。

凪紗は壱弥が結婚線の相手だったらうれしいと思っているが、相手も同じ気持ちとは限らない。それに付き合いだしたばかりで結婚を迫る彼女は重いだろう。

──占いの先生からは手放しちゃダメって言われたけれど、相手の幸せを想うからこそ頼れないこともあるんだわ。

今の自分は現実逃避をしているだけ。凪紗は幸せになりたいと願っていても、問題ごとを解決していないため幸せをつかみ取ることができない。

スマホのメッセージアプリを開く。不安や助けを求めたいのを堪えて、淡々とした文章を打った。

【今夜の迎えは不要です】

冷たく事務的な文章だ。理由がなければ壱弥も納得しないだろう。

だが下手に理由を書いたらボロが出る。本当は迎えに来てほしいし今すぐ会いたいという気持ちが溢れてしまう。

「お客様、ご試着はいかがですか？」

店員に声をかけられて、凪紗は試着室のカーテンを開けた。

「すみません、私には合わなかったみたいです」

また来ることを告げてブティックを去った。

——もういいや。私に用事があるなら、逃げずに話し合ってあげる。

なにもしていないのに逃げなきゃいけない理由がわからない。捕まったら牢屋に入れられるわけではないだろう。

職場とは反対方向に歩き出した。人気が少ない路地に入り、後をつけていた男たちを待ち構える。

「それで？　私になんのご用ですか？」

ガタイのいいスーツ姿の男が三名。凪紗の前後を包囲した。

「澄桜凪紗さまですね。お迎えに参りました」

「嫌です。頼んでません」

接客用のスマイルを向けて拒絶した。

だが凪紗に拒否権がないことくらい知っている。

「力づくでも連れて来いと命じられております。我々も手荒な真似はしたくない」

——か弱い女性ひとりに男が三人って、恥ずかしくないのかしら。

「職場に迷惑はかけたくないでしょう？」

脅し慣れている人間の台詞だ。対象者が嫌うことをあえて言っている。

「そもそもどちらさまですか？　変な男たちに攫われそうだって、警察に通報してもいいんですよ？」

「我々はあなたの保護を依頼されただけですので」

「そんなの未成年じゃあるまいし、保護されなきゃいけない理由はないわ」

「詳しい事情はわかりかねます」

堅物そうな男たちになにを言っても仕方ないだろう。だが目的は概ね想像通りだった。

――おじいさまの危篤が本当なら、この人たちを差し向けたのは伯父さまかしら。

もしくは従兄の貴明かもしれない。どちらにせよ、澄桜家が凪紗を連れ戻したがっている。

「ご同行をお願いできますね？　もう一度言います。我々も手荒な真似はしたくない」

拒否をしたら気絶させられるのだろう。

――結果が同じなら怪我はしない方がいいわね。

凪紗は無駄な抵抗を諦めて、男たちの車に自ら乗り込んだ。

◆　◆　◆

鷹月財閥には御三家と呼ばれる三大グループ企業が存在する。最も影響力の強い企業のひとつが鷹月商事だ。

日本を代表する総合商社として知られており、壱弥は去年から副社長に就任している。

少し遅めの昼休憩をとりながら、壱弥は流行りのデートスポットを調べていた。オフィスの役員室には壱弥と個人秘書の松河《まつかわ》しかいない。

「基本は室内がいいな。日焼けはしたくないだろう。映画や水族館は定番すぎるか。どうせならもう少し遠出もいい。日帰りで飲茶を食いに行くというのもいいな。台湾くらいならすぐに行けるか?」

凪紗はパスポートを持っているだろうか。なければ申請しておこう。

今度のデートには間に合わなくても、その次くらいには出来上がっているはずだ。

「壱弥さまは尽くし系だったのですね……その顔、他の社員の前では見せないでくださいね。クールでシゴデキなイメージが崩れますので」

「なんだそのイメージは。聞いたこともないぞ」

「本人の耳には入らないようにしていましたので」

松河は淡々と答えた。長年壱弥の個人秘書を務めており、彼のプライベートな出来事も把握している。

「まあ、ようやく片想いが実ったのですから喜ばしいですが」

「そうだろう？　凪紗が恋愛に興味を出すまで六年も待ったからな」

「そう言われるともはや執念ですね。……ちょっと怖いことを訊きますが、その片想いは本当に成就したんですよね？」

「俺の妄想だと言いたいのか？　そんなわけあるか。さすがに思い込みはひどくない」

疑いの目を向けられてムッとする。実はすべて壱弥の妄想なのではないかと。

——だがまあ、心配されるのも無理はない。

壱弥は手帳にしまっていた写真を取り出した。

大学を卒業したばかりの凪紗の写真だ。まだどことなくあどけなさが残っている。艶やかな黒髪を腰まで伸ばし、前髪は目の上で切りそろえている。化粧はおしろいと口紅のみで、まるで日本人形のようだ。

巫女装束に身を包んだ姿は穢れを知らない清らかさが漂い、どことなく憂いを帯びた表情には色気が醸し出されていた。心の奥まで見透かすような瞳がぞくっとするほど美しい。

——この頃よりも今の方がずっと魅力的に成長したな。

なにを考えているのかわからない人形のような姿と、ちゃんと感情を表に出せる凪紗なら後者の方がいい。生き生きした表情を見ているだけで壱弥の心も満たされる。

「よく六年も我慢しましたよね。元々彼女の就職先も壱弥さまが手を回したことをご本人は知らないのでしょう？」

「知らないし、今後も知らせるつもりはないな」

凪紗が結婚予定だった鵜生川家は鷹月家の遠い親戚で、分家にあたる。

鵜生川彰吾とは親しい間柄ではないが、年齢が近いこともあり顔見知りではあった。だが結婚式に逃げたという話は衝撃的だった。

壱弥の中で彰吾は出来のいい優等生だった。学業はもちろん人当たりもよくて、揉めごとを仲裁するような気のいい人間だ。争いごとは好かず、優しくて周囲の人間を慮る。親の言うことを忠実に守るようなお坊ちゃんだと思っていた。

自分の納得がいかないことには決して従わない壱弥とは違う。柔軟性のある男だと思ったのだが、結婚式の本番をすっぽかすとは予想外だった。

自分の意志を優先させて逃げ出すなど内心「やるじゃねえか」と称賛したが、花嫁のことを考えると苦々しい気持ちになった。

一度だけ、大学生だった壱弥は父親に連れられて澄桜の神社を訪れたことがあった。

夜桜が舞う中、神楽殿で踊るひとりの巫女から視線が逸らせなくなった。

彼女は白衣に緋袴《ひばかま》と千早を身につけた巫女装束で、鈴と剣を手にし神楽を舞っていた。

静謐な空気が漂い、鈴の音が鳴るたびにあたりが浄化されるかのよう。呼吸音すら憚《はばか》られるような神聖さに見惚れなかったと言ったら嘘になる。

澄桜家の巫女、澄桜凪紗。若干十六歳ながら筆舌に尽くしがたい清らかな色香を纏っていた。その場に立っているだけで空気が浄化されるような、不思議な存在感があった。艶やかな黒髪、凛とした眼差しに赤く色づいた小さな口唇。女性を見て美しいと感じたのはこのときがはじめてだった。

時間が経過しても凪紗の姿は脳裏に焼き付いたまま消えなかったが、だからといって近づきたいなどとは考えなかった。穢れを知らない少女に手を出すなど罰当たりだ。

きっと彼女は地元の有力者を婿に迎えて、生涯巫女として生きるのだろうと漠然と思っていたのだが、まさか彰吾の相手があのときの巫女だとは思わなかった。

地元の有力者なら鷹月の分家である鵜生川家が筆頭なのに、その考えに至らなかった。

嫉妬と安堵と焦燥に駆られたまま、壱弥は凪紗の行方を調べた。

大学を卒業したばかりで鵜生川家に嫁ぐことになっていたのだとしたら就職活動もしていなかっただろう。家に残っていたら問題はなくても、一歩外に出れば就職は困難だ。

まだ二十二歳ならいくらでも方向転換が利くし、入籍していなかったことが幸いだが、世間知らずな箱入り娘がひとりで生きていけるほど世の中甘くはない。

大学時代の友人の元に身を寄せていることを知ったときは心から安堵した。夜の街に飲み込まれたらと思ったら生きた心地がしなかった。

すぐにでも保護したかったが、無関係な壱弥が出る幕ではないと判断した。

幸い凪紗の友人は壱弥の学生時代の友人である翠川と知り合いだったこともあり、裏から手を回すことにした。

下手に一般企業に勤めた場合、横のつながりで凪紗の居所がバレるかもしれない。澄桜神社には経営者も多く訪れている。まったく無関係の企業を探すよりは、信頼のおける翠川に預けた方が安全だろう。古くからの地主で名家の翠川家にはやすやすと手出しはできないはずだ。

――最初は見守るだけで十分だったんだが。

保護できただけで満足だと思った。一応分家の不始末を本家の跡取りの自分が尻ぬぐいをしただけという名目もあった。

だがその後もずっと、壱弥は凪紗のことが気がかりだった。

徐々に笑顔が増えて人間らしく変化していく凪紗を見守っていたら、彼女の成長をもっと間近で見てみたいと思うようになっていた。

生まれながらに人生が決まっており、親が敷いたレールを歩く運命なのは壱弥も同じだ。壱弥は自分の立場を受け入れており、自分にしかできないことをするまでだと思っているが、ふとした瞬間にもしものことを考える。

与えられたものを捨ててゼロからスタートしたらどんな人生を歩むのだろうか。凪紗を見守っていると、今まで感じなかったことにまで思考が巡るようになった。

保護者のような気持ちが恋心に変化するまで時間はかからなかった。生き生きと過ごす彼女が眩しくて、その笑顔に何度惚れただろう。

少しずつ笑顔が出せるようになり、凪紗が幸せを考えられるようになったのはいい傾向だと思っている。

凪紗の傍にいられる翠川には多少嫉妬するが、彼は凪紗を異性として見ていないので良しとした。元々恋愛とは無縁な男だということを知っていたのもあり、翠川に保護を頼んだのだが。

『で、いつになったら名乗りをあげるつもりなの？』と、翠川に呆れた目で見られたことは数えきれないほどあったが、少なくとも凪紗が恋愛を意識するまで自分の出番はない。

そして凪紗が結婚を意識し始めたというのを翠川経由で知ったとき、ようやくという気持ちがこみ上げた。

凪紗を保護してから六年間、壱弥は誰とも交際をしていない。禁欲生活を送り続けて清廉潔白な日々を過ごしていた。

それまではライトな恋愛を嗜《たしな》んでいたが、すべての誘いを断った。いつでも彼女を迎え入れられるように、身綺麗な状態でいたかったから。

禁欲生活が長すぎたせいか、いつしか凪紗にしか身体が反応しなくなっていたが。このまま凪紗と結婚するのだから問題はないだろう。

――凪紗のはじめてと最後の相手が俺というのは気分がいいな。

だがあまりがっつきすぎたら嫌われるかもしれない。彼女が可愛すぎて我慢などできないのだが、毎晩盛っていたらセックスが嫌いになるかもしれない。

「なあ、松河。恋愛の正しい進め方ってなんだと思う？」

「本気で訊いてます？」

ええ……と松河に引かれるが、仕方ないだろう。本気の恋愛などはじめてなのだ。

「ん？」

ブルブル、とプライベートのスマホが震えた。

「噂をすれば」

凪紗からのメッセージを受信した。今夜の迎えは不要という簡素な一文だった。

「……」

「どうかなさいましたか？　壱弥さま」

「……わからん」

なにかが引っかかる。いくら仕事中でも、いつもはもう少し温度のある文章をくれるはずだ。

――なにかあったのか？

念のため翠川に連絡を入れようとするが、壱弥が問い合わせるよりも早く翠川から連絡が入った。

【凪紗ちゃんが昼休憩から戻ってこない。電話しても折り返しが来ないんだけど、連絡入ってる？】

壱弥は無意識に立ち上がった。

「壱弥さま？　どこへ」

「俺の午後の予定は全部キャンセルしろ」

「はい？」

「緊急度の高い会議は入っていなかったはずだ。会食もなかったな」

「ちょっとお待ちを。どこへ行かれるんですか」

「緊急事態だ。午後は半休にする。不在を訊かれたら病欠とでも答えておけ。面倒なら歯医者に行っているとでも言えばいい」

「そうしたら本当に副社長は歯が痛すぎて歯医者に行ってるって言いますよ？」

「構わん！」

最低限の荷物を持って松河に後を任せると、壱弥はビルの駐車場へ向かった。

車を発進させる前に翠川に返信する。

【今すぐそっちへ向かう】

すぐにポン、とメッセージが返って来た。

【え、来るの？　仕事は!?】

そのメッセージには返事をせぬまま、壱弥は通い慣れた道を走った。

そして臨時休業の看板を出している店へ突入する。

「まさか本当に来るとは思わなかったんだけど、大丈夫なの？」

「半休にした。凪紗は？　いつからいないんだ」

「一時半には休憩から戻ってくるはずなのに、二時になっても戻ってこない。いつもなら昼休憩の終わる十分前には戻って来てるんだ」

メッセージの既読はついていない。充電が切れた可能性もゼロではない。

「スマホが壊れたなら戻ってくるはずだよな。充電切れでも同じく」

なにか予期せぬことが起こったのではないか。事件か事故に巻き込まれたとは考えたくないが、彼女は連絡を無視することはしない。

「どうする、壱弥。警察に通報しとく？」

「待て、まずはGPSを確認する」

凪紗のスマホに仕込んだGPSアプリを起動させた。万が一を考えて入れておいたのだが、こうも早く使う日がくるとは。

「なに、付き合いだした途端にそんなの入れたの？　よく凪紗ちゃんがOK出したね」

「言ってないからな」

「うわぁ……」

「おい、なに引いてんだ。凪紗の安全を考えたらこの程度は当然だろう」

「お前に常識を語られる日がくるとはね……」

翠川がしみじみと呟いているが、学生時代に好き放題していたのは翠川の方だ。

「スマホの電源は切られていないようだが、速度からして移動中だな」

自ら車に乗っているか、乗せられているか。前者と後者では緊急度が違ってくる。

「まあ、この方面となると行先の目星はつくよね」

壱弥は苦虫を嚙み潰したような渋面を浮かべた。

「迎えが来たということか」

凪紗が進んで帰りたがるはずがない。強制的に車に乗せられたのだろう。

——心配をかけまいと、俺に迎えは不要とだけ伝えたのか。

自分の不甲斐なさに腹が立つ。そしてなにより、頼ってもらえなかったことにも苛立ちが募った。

「悠斗、凪紗の有給はあと何日残ってるんだ」

「一応まだ十日以上は。でもまあ、十日以上使ったとしても特別休暇にしてあげるよ。彼女に戻ってくる意思があればだけど」

「戻ってくるに決まってるだろう。自分で作り上げた居場所だぞ」

ひとつずつ大事なものを拾い集めて、コツコツ作って来た場所だ。簡単に捨てられるほど軽いものではないはず。

「十日も悠長に里帰りをさせるつもりはない。さっさと迎えに行ってやろう」

ついでに結婚の報告をしてしまえばいい。許しを得るつもりはないので、あくまでも報告だけだが。

「悪い顔をしてるよ、壱弥。よ、悪役顔！」

「誰がだ！」

茶化す翠川に後のことを任せて、壱弥はスマホのアドレス帳を開く。

自分から連絡を取ることになるとは思ってもいなかった相手に電話をかけた。

コール音が五回鳴ったところで電話が繋がった。

「久しぶりだな。唐突で悪いんだが、凪紗が澄桜家に連れ戻された。これから人を集めて乗り込むから協力してくれないか？　彰吾」

第五章

休憩を挟みながら車で長距離を移動した。

凪紗が育った故郷に到着した頃にはすっかり夜になっていた。

都会のような街灯は少なく、民家の灯りがぽつぽつとあるような田舎だ。海はなく、山ばかりに囲まれた場所は閉鎖的に感じる。山の麓に建てられた神社は背筋がぞくっとするほど静かで寒々しい。

——六年ぶりだというのに懐かしさを感じないなんて薄情かしら。

生まれは別の場所だが、凪紗の故郷はここだ。だが悲しいほどこの場所には大事な思い出も未練もない。

とはいえ祀っている神様を敬う気持ちが消えたわけではない。

石畳の階段を上り、一礼してから鳥居をくぐる。心の中で「ただいま戻りました」と挨拶を告げてから一歩を踏み出した。

肌がピリッと引き締まるのを感じる。鳥居の先は神域だ。背筋が自然と伸びて、独特な緊張感を味わう。

玉砂利を歩く音も厳かな空気も、常に凪紗の身近にあったもの。満天の星空と美しい天の川は都会のようには余計な光源がないからよく見えるのだろう。耳を澄まさなくても聞こえてくるのは鈴虫の鳴き声だ。

きっとこのような景色を美しいと称賛するのだろうが、凪紗にとっては東京の汚れた空気の方が呼吸がしやすい。

都内では夜間もエアコンが欠かせないが、ここでは少し肌寒いくらいだ。夏の夜を涼しいと感じるのは珍しいだろう。

「凪紗さま、お帰りなさいませ」

三名の権禰宜《ごんねぎ》が参道を歩く凪紗を出迎えた。顔見知りはひとりもいないが、凪紗のことは把握しているようだ。

下手に知り合いと顔を合わせなくてよかったかもしれない。凪紗は彼らにとっては裏切り者に近い。神社の娘なのに家と神様を捨てた薄情者と思われていることだろう。

――もう帰りたいな……。私を連れてきた人たちもどこかに消えちゃったし。

連れてきた後は放置だなんて大胆すぎるが、すぐに迎えが現れたことから連絡は取り合っていたようだ。

空気が重くて苦しい。帰りたいと思った場所は、たった数週間過ごしていた壱弥の部屋だった。

感情を読み取らせないように、凪紗は表情を消した。

「出迎えご苦労様です」

「お食事のご用意ができております。今夜は椿の間でお休みくださいませ」

本殿から少し離れた場所に澄桜の宮司が住まう本邸が建てられている。日本家屋の本邸を母屋と呼び、来客用の別邸を離れと呼んでいた。神社の関係者や事務員たちは社務所の一画に居住している。

凪紗が案内された椿の間は離れにある客室だ。

もう母屋にある凪紗の部屋は残っていないのか、家族として出迎えたわけではないのか。残しておいた私物はとっくに処分されたのだろうか。

——考えても無意味なことだわ。捨ててくれて構わないもの。

宝物なんて持っていない。卒業アルバムすら凪紗には不要なものだ。

「おじいさまは？」

「宮司さまはお部屋で安静にしておられます」

入院中かと思いきや、今は自宅療養をしているらしい。

だが倒れたのは事実だそうだ。峠を越えて一時的に退院したのだと聞かされた。

「案内は不要です。あなたたちもどうぞ休んでください」

「ですが我々は凪紗さまをお部屋までお連れするようにと」

「不要です」

困ったように顔を見合わせている。凪紗は彼らに背を向けて歩き出した。

――まあ、ついてくるわよね。

きちんと部屋に送り届けるのが彼らのミッションだ。それなら凪紗が部屋に入るのを見届ける必要がある。

離れに入り椿の間に向かった。木製の引き戸を開くと、部屋は洋式にリノベーションされていた。旅館にある洋間に近い。

そっと耳を澄ませる。凪紗を見届けた権禰宜たちの気配が遠ざかるが、ひそひそと彼らの会話が聞こえてきた。

「凪紗さまは都会に出られて変わられてしまったようだ」

「俗世に染まったのだろう。それにあのように御髪を染められるなど、その辺の女と見分けがつかん」

「あれでは巫女の威厳もないではないか。神主さまはなにを考えておいでなのか」

安っぽい女になったとでも言いたげな口ぶりだ。一体どんな女が来ると思っていたのやら。

——私、耳はいいのって教えてあげようかしら。

いや、やめよう。意地の悪いことをしたら可哀想だ。

凪紗が変わったというのは褒め言葉だ。ならば「ありがとう」と礼を告げたい。

そっと部屋の中を見回す。十畳ほどの部屋にはダブルベッド、簞笥《たんす》、鏡台、ダイニングテーブルと椅子が配置されていた。必要最低限の家具が揃えられている。

そのダイニングテーブルの上には正方形の重箱が置かれていた。

どこかの料亭で作られたかのようなお弁当だった。季節野菜の煮物に蛸の柔らか煮、銀だらの西京焼きや湯葉などが詰められている。

——食事の用意って言っていたわね。おにぎり程度かと思っていたけれど、手の込んだことをするわ。

長距離移動で疲労と空腹は同じくらい感じているが、箸をつける気にはならない。だがここで食べておかなければ体力がもたなくなる。

味気ない弁当を食す。豪華な食事より、壱弥と一緒に食べる平凡な朝食の方が数倍おいしい。

——好きな人と食べる食事ならなんでもおいしいのにね……この部屋も監視されていると思った方がよさそう。逃げだしたらすぐに気づけるように。

外に見張りを置いていない理由は室内にカメラが仕組まれているからだろう。

お弁当を平らげた後、壁に備え付けられた本棚に目を留めた。年代物のクマのぬいぐるみをそっと後ろ向きにする。

凪紗は鞄の中から手帳を取り出した。普段から付箋を使うことが多いため手帳に挟んでいるのだ。

絵画の額縁とハンガーラックに不自然なネジの穴。気になるところをペタペタと付箋で隠す。

——ただの勘だけれど。やりすぎくらいがちょうどいい。

なにか視線を感じるところを直感で探し出した。これらがすべて監視の目とは思っていないが、ただ気持ち悪いから塞ぎたいだけ。

隣にある浴室にはさすがになにもないと思いたいが、彼らの倫理観を信用してはいけない。凪紗の安全を確認するためなど理由はいくらでもつけられる。

浴室はホテルのユニットバスのようだ。清潔に保たれており、バスタオルの他にバスローブが備えられている。

換気扇の中を凝視するが、一見なにかが仕込まれているようには見えなかった。他にも不自然な点は見当たらない。

凪紗は小さく息を吐いた。カメラはなくても盗聴されている可能性は捨てきれない。

――息が詰まりそう。

必要最低限のものは揃っている。ホテルのアメニティのような基礎化粧品一式と替えの下着に寝間着用の浴衣。

バスローブはあるくせに寝間着は浴衣なのだなと思いながら手早く汗を流した。髪を乾かして慣れた手つきで浴衣を身につける。

――習慣って身体が覚えているものなのね。これなら着物も問題なく着られるわ。

着の身着のままで連れて来られたのだ。なにも着替えを持ってきていない。

スマホは凪紗を連れてきた連中に取り上げられてしまった。今頃伯父か、貴明の元にでも渡っているだろう。

娯楽のない部屋で過ごす。テレビも音楽もなく、壁にかけられた時計の針の音がやけに大きく響いた。

朝になれば祖父に会わされるのだろうか。それとも伯父たちが乗り込んでくるかもしれない。

――悠斗さんと壱弥は心配しているかな……もしかしたら悠斗さんが私の事情を壱弥に話しているかもしれない。

働き始めてからしばらくして、凪紗は簡単に家の事情を翠川に説明した。帰省先はないことと、家出同然で東京に来たことを。

それでも翠川はなにも言わずに凪紗を雇ってくれた。「君はこれから自分を作っていけばいい」と言われ、救われた気持ちにもなった。

よくよく考えると翠川に恋をしていてもおかしくはないのだが、不思議と彼に恋心を向けたことはない。翠川のことは頼りがいのあるお兄さんとしか思っていなかった。

——職場恋愛なんて修羅場だと思っていたからかも。それに恋愛を意識するようになったのは最近のことだから。

そして出会ったのが壱弥だ。職場恋愛に発展せず、恋心を抱いても大丈夫な相手。

だが最初から凪紗には手の届かない相手だった。名家の御曹司だと知っていたら恋心にもブレーキをかけていたことだろう。

——好きになってごめんね、壱弥。

巻き込みたくはないのに、彼を手放すことは考えられない。

なんとしてでも東京に帰ろうと意気込みながら、凪紗はベッドにもぐりこんだ。


翌朝、凪紗の元には着物が届けられた。

「こちらの着物にお召し替えください」

朝から女中が身の回りの世話を焼こうとするのを丁重に断った。洗濯ものは回収されてしまったが、それは仕方ないと割り切ることにした。

夏用の襦袢《じゅばん》を身につけてから紗《ふくさ》仕立ての着物に袖を通す。凪紗がいた頃から日常的に着物が普段着扱いだった。

小物類も指定されているのだろうか。簪《かんざし》までセットでついてきたが、凪紗はいつも使用しているヘアクリップで髪をまとめた。

朝食の席はひとりきりだったが、その後すぐに祖父の座敷に向かわされる。

「先ほどお目覚めになりましたが、くれぐれも興奮させないように」

毎日主治医が往診をしているらしい。入院させた方がいいのではないかと思うが、頑固な祖父のことだ。意識を取り戻したなら自宅に戻ると言ったのだろう。

母屋の座敷に向かい、襖《ふすま》を開けた先に祖父が眠っていた。

布団に横たわる姿は記憶の中よりも弱々しくて小さく見えた。

――子供の頃はあんなに大きくて怖い存在だったのに。

神社に参拝する客にはにこやかに対応し、子供たちにも笑顔を見せていた。だが実の孫娘であり養女に迎えた凪紗には数える程度の笑みしか見せていない。

厳格な祖父が苦手だった。巫女としての務めと教養を叩きこまれて、同世代の子供のように振る舞うことは許されなかった。

子供が子供らしくいられた時期に、凪紗は大人の顔色ばかりを窺っていた。子供を子供扱いせず、巫女として敬う大人たちを奇妙に思っていた。

自分は特別な子供ではないのに、周りがそれを許してくれない。義伯母は凪紗に感情は不要だと躾て、口答えをしない人形になるようにと命じた。

——本当、歪な家庭環境だったわ。

数世代前の巫女が記した占いの書……一部では予言書とも呼ばれる書物が澄桜家を繁栄に導いてから、なにかが少しずつおかしくなったのだろう。

一般人が引く御籤《みくじ》とは別に、一定金額以上の奉納金を納めた者のみが特別な占いを受けられる。裏御籤と呼ばれるそれは、いつしか地位と権力のある者だけが引ける籤になっていた。

相談者は占いたい内容を念じながら木箱から札を引く。一から百まで書かれた札を巫女に渡し、その番号と一致する占い結果のページを巫女が解読するというものだ。

相談内容を口頭で聞いた後、抽象的に書かれた占い結果を巫女がわかりやすく言語化する。それが代々澄桜の巫女の役目だが、奉納金の引き上げや時の権力者たちが頻繁に訪れるようになったのは、ここ三十年ほどのこと。ちょうど凪紗の祖母が亡くなる少し前かららしい。

特別な書は相応な立場の者にしか使わない。希少価値を上げるために、また余計な噂を流させないために、一般人には表の御籤のみを引かせ裏御籤の存在を秘匿《ひとく》してきた。

だがいつしか澄桜神社の存在は地元の権力者以外にまで噂が広まってしまった。

遠方から高額な奉納金を持参して占いを受ける者たちが後を絶たなくなった。

――なんでおじいさまがそこまでして神社を大きくしたかったのかはわからないけれど。元から権力やお金に執着する人だったのかしら。

そもそも祖父は澄桜の人間ではない。亡くなった祖母と結婚し、婿養子に入ったのだ。権力者との結びつきなんて厄介なだけだ。

占い結果を神の言葉と信じ、巫女は神の代弁者や予言者だと崇められることが歪でしかなくて、凪紗はずっと居心地の悪い想いをしてきた。

それでも救われたように礼を言う人たちを蔑ろにもできず、これは人助けなのだと自分に言い聞かせていた。

凪紗が失踪後、祖父と伯父がどのような想いで神社を守ってきたのかは知らない。凪紗の代わりに予言者を演じてなにを感じたのかもわからない。

死期が近く顔色の優れない老人を目の前にしても、不思議と憐れむ気持ちは湧いてこなかった。

祖父の隣に膝をついた。凪紗は温度のない声で「おじいさま」と呼んだ。

彼の瞼がぴくりと反応した。

緩慢な動きで腕が持ち上がった。凪紗の手を握ろうとしているらしい。

咄嗟のことでどうしていいかわからなくなった。だが祖父の手を振り解けるほど、凪紗は非情にはなれなかった。

――この人の手を握ったのは何年ぶりだろう。

幼い頃はよく握っていた気がする。だが年頃になるにつれて、その手に触れることも祖父と孫として接することも少なくなった。

義務的に接し、宮司として敬う。当主の意向に逆らうことはできず、凪紗は命じられるまま嫁がされそうになった。

大きくて逞しいと思っていた手も今では枯れ枝のよう。少し力を込めただけで折れてしまうかもしれない。

「……幸枝《ゆきえ》か？」

「……っ」

意識が混濁しているのだろうか。

それとも、と凪紗の脳裏に昔、従兄から告げられた言葉が蘇る。

『おじいさまが何故お前を養女にしてまで引き取ったかわかるか？　利用価値があるからだけじゃない。あの人はお前が死んだおばあさまの生まれ変わりだと思っているからだ』

適当に凪紗の感情を逆なでするために言ったのかもしれない。なにをバカなことを言っているのだろうと思ったものだ。

祖母は凪紗が生まれる一年前に他界した。病死だったそうだ。

祖父が翌年生まれた凪紗に祖母の面影を重ねていたのかはわからない。

――でも、おじいさまが奉納金を上げて家を繁栄させようとした理由は少しわかったかも。

祖母が亡くなる少し前から値を釣り上げたのだとしたら、彼は治療費を稼ぎたかったのではないか。十分な費用をかけられたら祖母を延命できたかもしれない、と。

すべて憶測にすぎないが、もしもただの守銭奴であれば彼が婿養子として澄桜の名を継いだときから占いの予言書を利用していたはずだ。人が変わるきっかけは、大事ななにかを失うことかもしれない。

「すまない……私はお前に顔向けができそうにない」

目を閉じたまま力なく謝罪された。それを告げている相手は祖母なのか、それとも凪紗なのか。

――ああ、ズルい。謝ればすべてがなかったことになるわけがないのに。

キュッと眉間に皺を刻んだ。

本来は愛情深い人だということは知っていた。周囲から聞かされた祖母との仲睦まじい姿も、そして毎日欠かさず祖母の遺影の前で手を合わせている姿も知っている。

凪紗に厳しく接していたのは愛情の裏返しだけではないだろう。立派な巫女だと認められることで、凪紗の立場を盤石なものにしたかったのかもしれない。

——全部、かもしれないの話でしかないけれど。

だが祖父のしたことは簡単に許せることではない。親元から娘を引き離し、息子夫婦の関係を壊したのだから。

大切な人たちが不幸になることがわかっていても止まらなかったのは何故なのか。止めてくれる人がいなかったことも不幸のひとつだ。

「私は……あの子に可哀想なことをした。遺産の大半をあの子に譲ることにした」

「……え？」

凪紗の心臓がドキッと跳ねた。

知らない間に遺産相続問題に巻き込まれているようだ。

「おじいさま、待ってください。遺言書にはなんて記したのですか？　罪の意識に囚われているのなら、私はなにもいりません」

握られている手を握り返す。

だが凪紗の問いに返事はなかった。

祖父を主治医に任せて、凪紗は部屋を後にした。

短い時間だったが、体感的には長く感じた。

——まだ朝の十時前だなんて……もう夕方くらいの気分なんだけど。

ひとりでいてもなにもすることがない。神社の敷地から見渡せる光景は記憶の中となにひとつ変わりはない。

ここだけ時間が止まっているようだ。きっと何百年も前から同じ光景が続いているのだろう。

見張りの目を無視しながら境内を散策する。毎日早朝から掃除がされており、手入れがきちんと行き届いているようだ。手水舎も衛生的に管理がされている。

神楽殿の傍には子供の頃によく遊んだ桜の古木があった。青々とした葉を揺らしている。春になれば満開に咲いた桜を堪能できただろう。ご神木として崇められる桜の風景を思い出すと、ほんのり懐かしい記憶が蘇ってきた。

——桜の木もまだ元気みたいでよかった。そういえば空いた時間には社務所でお守り作りをしていたっけ。お守りの数も以前と変わっていないようね。

澄桜神社は縁結び、開運招福、厄除が主な利益として知られている。一番人気はやはり縁結びだろうか。

「そこでなにをしている」

「……っ！」

玉砂利を踏む音がした。

凪紗はゆっくりと背後を振り返る。

——ああ、ようやくお出ましね。

白衣と浅黄色の袴。神職の装束を身につけた男は凪紗の従兄、貴明だ。

「お久しぶり、貴明兄さま」

「凪紗か」

人前に出るときだけ朗らかな微笑を浮かべるのは血筋なのだろうか。凪紗の前では別人のように冷淡な顔をしている。

——これが素なのよね。さすが、私に人形になれと命じていた義伯母さまの息子。

整った顔立ちをしているが、表情を消すと人間味がない。微笑を浮かべている顔も胡散《うさん》臭くて、凪紗は一定の距離を保っていた。

「勝手に境内をうろつくな。迷惑だ」

元気だったか？　という言葉すらかけられない。凪紗は予想通りの台詞に笑いそうになった。

「そう思うなら鎖にでも繋いでおけばよかったのに」

「お望みならいつでもしてやるが」

「相変わらず冗談も通じないのね」

左手にはなにもつけていない。凪紗が不在中に結婚をしていてもおかしくないが、彼は未だに独身のようだ。

――この人もう三十よね。この年齢まで独身だなんて珍しい。

とっくに妻《めと》を娶《めと》っていてもおかしくないのだが、性格に難があることを見破られたのだろうか。祖父や伯父夫婦が貴明の縁談に口を出していてもおかしくはない。

貴明は凪紗の頭からつま先までねっとり見つめてくる。品定めをしているような視線はまるで蛇のよう。

「今のお前にうちの装束を着せるわけにはいかない。澄桜の品位が下がる」

――別に戻って来たわけじゃないんだけど。

問答無用で攫われて連れて来られただけだ。それをどこまで貴明が理解しているかはわからない。

どうせなら貴明が嫌いそうなメイクをすればよかったかもしれない。化粧直しのポーチには最低限の化粧品しか入れていなかったため、薄化粧になってしまったのが悔やまれる。

――つけまつ毛をつけてギャルメイクをして見せたらどんな反応をしたかしら。

ものすごく嫌そうな顔を想像して溜飲《りゅういん》を下げた。嫌がらせメイクを考えられるほど、凪紗も図太くなったらしい。

「来い、父さんたちが待っている」

――ついに来たか。

胃の奥がズン、と重くなった。伯父たちと対面するのはひどく気力を消耗する。

遅かれ早かれ彼らとの話し合いは行われるが。

──話が終わったら東京に戻れる……なんて都合よくはいかないかしら。

スマホも返してもらいたい。その在処を訊き出すためにも、表面上はしおらしくしておいた方がいいだろう。

だが、伯父夫婦と対面した直後から凪紗は現実逃避がしたくなった。

「置き手紙一枚で失踪するなど恥知らずな娘ね」

「お前が失踪した後うちがどれほど手を尽くして火種を消したか知らんだろう。しばらくは遠方で療養中にしていたが、何年も隠し通せるものではない」

「育ててもらった恩を忘れて務めからも逃げるなど。とんでもない裏切り行為だわ！　我が家に泥を塗ったのならお前が汚名をすすぎなさい！」

六年前の出来事を延々と責められている。

結婚式を破談にさせたのは鵜生川家の長男だ。そちらとは相応の金銭のやり取りがあったはず。

──それには触れずに私だけを責めるなんて、相変わらずな人たちだわ。

神職者とはいえ、人格までが優れているとは限らない。外面は穏やかでいい人たちだが伯父の妻……特にこの義伯母は、一度怒り出すとなかなか鎮火しないのだ。

家のためを想ってというのが彼女の口癖だ。凪紗にとっては母親代わりでもあったが、人形になれと呪いをかけ続けたのは義伯母である。

――口答えをしたら火に油を注ぐわね。いつもこうだから、ここでは口を閉ざすことしかできないのよ……。

ため息を吐きたいのをグッと堪える。

罵倒《ばとう》されつつも表情を変えずに別のことを考えるのは慣れていた。適当に話の合間で反省しているように頷きを入れる。でないとスマホを捨てられてしまうかもしれない。

さすがにちゃんと保管されていると思いたいが。一晩でスマホが壊されていたら泣くかもしれない。

「本当に腹の立つ子。私たちがこれだけ献身的に澄桜を支えてきたというのに、お義父さまったら遺産の大半をこの子に譲るだなんて。一体離れている間にどうやって取り入ったのかしら？」

「よさないか。父さんは自責の念に駆られただけだ」

まだ祖父は死んでいないが、死ぬ前提で話を進めている。

伯父はまだ話が通じるが、祖父譲りの野心家なのがいただけない。凪紗を利用してどんなビジネスチャンスを得ようと考えているのかはわからない。

――身内が油断ならないってシンドイ。

家族は支え合うものらしいが、彼らにとって凪紗は使い勝手がいい駒に過ぎない。そして今では彼らの立場を脅かす邪魔な存在だとでも思っているのだろう。

まだ祖父と意思の疎通ができる間に、ふたたび遺言書を更新してもらえばいいだけだ。

凪紗は神社にも遺産にも興味はないのだから。

「弁護士の先生には明日にでも来てもらう予定だ。父さんの意思を再度確認してもらう。お前が澄桜の名を捨てるつもりなら相続を放棄しなさい」

凪紗は正座をしたままゆっくり頭を下げた。

祖父が他界した後の手続きになるだろうが、その際は書面だけのやり取りがいい。

――遺産相続ってとことん醜いわね。

凪紗は彼らの言う遺産の大半の内訳を知らない。土地を含む権利も入っているのだろうか。

神社周辺の一帯も澄桜の土地だ。裏山も同じく。その他、不動産をいくつか持っていたと認識している。

――私はなにもほしくない。

ただ自由がほしいだけ。誰からも干渉されず、自分の力で生きたいだけだ。

気がかりなものはひとつだけ思い浮かんだが、それは澄桜の家宝でもある。大事なものを彼らが手放すはずはないが、なにもせずに置いておく気にもなれない。

——不幸を生み出すものなんてできることなら処分したいけど、なにが最善なのだろう。

耐えるようにじっと黙っていたが、来客が現れたことで話し合いが中断された。

「貴明さん、凪紗さんを監視していなさい」

「はい、母さん」

ぴしゃん、と襖が閉じられた。

高圧的なふたりとは対面しているだけで疲弊した。だがまだ厄介な男が室内に残っている。

「……監視なんていらないわよ。部屋で大人しくしているから」

貴明も友好的とは言い難い。祖父や伯父と同様に、家の利益になることを一番に考えるのは当然だと思っている。神社が潤えば必然と神への奉納も増えて、祭事や神事にも力を入れられるようになるからだ。

整った顔立ちの貴明は女性の人気が高い。貴明目当てで参拝客が増えることもあるほどに。

だが凪紗は彼の舐《ねぶ》るような視線が苦手だ。清廉潔白な振る舞いをしつつも、目の奥は笑っていない。

「まるで私とふたりきりにはなりたくないような言い草だな」

「……従兄妹同士とはいえ、よからぬ噂は作らない方がいいでしょう?」

部屋にふたりでこもりっきりでなにをしているのかと疑われるのは嫌だ。下世話な想像は根本から排除したい。

「なんだ。私のことを警戒しているのか」

「そういうわけでは……」

「バカなことを。……と、言いたいところだが、それは正しい」

「……っ」

貴明の視線を正面から受けてぞくっとする。背筋に冷や汗が流れた。

――からかい目的？　嫌がらせ？　ただ私を動揺させたいだけとか。

全部ありえるが、何故だろう。心臓が嫌な音を立てている。

「私が何故、三十になっても嫁を娶らずに独身でいるかわかるか？」

「……さあ、まったく」

貴明の事情に興味はない。

縁談なら山ほどあるはずだ。性格に難はあっても顔が良くて、澄桜の家督を継ぐ人だから。

「おじいさまに言われたからだ。いずれ凪紗を娶るようにと」

「嘘……っ！」

咄嗟に否定するが、ありえない話ではない。

――私の結婚が破談になった後にそんな話を？　失踪する前ならそもそも縁談を受け入れていなかったはず。

鵜生川家の彰吾と結婚後に女児が生まれたら、澄桜に渡すという密約は交わされていた。もしもあのまま大人しく従っていたら、凪紗も彰吾もとことん家の都合に振り回されていただろう。

だが祖父が改心し、凪紗を他家に嫁がせるのを躊躇ったのだとしたら。凪紗の居場所を突き止めた後は貴明に託してもおかしくはない。

「お前がおじいさまの養女になったことで問題がありそうなら、養子縁組を解消したらいい。ただの従兄妹同士なら婚姻は可能だと考えたんだろう」

祖父の庇護がなくなった後は貴明の庇護下に置くということか。凪紗はげんなりした。

「父さんたちが遺産の相続を放棄させるとか言っているが、正直私はどうでもいい。お前が私の妻になるなら遺産も共有財産になるだろう？　巫女不在の問題も解決する」

「ご都合主義すぎて吐き気がしそう」

鳥肌が治まりそうにない。夏物の着物は風通しがよすぎるのだろうか。寒気も感じてきた。

――一体どこまで自分本位な人たちなの？

凪紗は彼らの所有物ではないのだ。ひとりの人間として見られていないことが気持ち悪い。

——そうだ。ここには私の人権なんてなかった。

自分の意見は通されず、なにも尊重されない。そんな場所で死んだように生きることになんの意味があるのだろう。

巫女の不在を嘆く者たちもどうでもいい。

神主である伯父が凪紗の代わりを務めているが、先代巫女と凪紗を知っている者たちから不満が出ているのだろう。恐らく裏御籤の占い結果に満足できていないのではないか。

貴明は凪紗のヘアクリップに手を伸ばす。

「まずはこの髪を染め直せ。茶髪の巫女など見るに耐えん」

まとめていた髪がはらりと胸元に落ちた。カツン、と音を立てながら、プラスチック製のヘアクリップが襖の方へ転がって行く。

「わ、私は巫女ではないし、巫女にはならない」

髪を染めるのもメイクをするのも凪紗の自由だ。家に反抗して茶髪にしたわけではない。ただ自分の好きなオシャレをしているだけ。

「お前、まさか……」

「きゃ……っ！」

身体が勢いよく背後に倒れた。背中に帯が当たって苦しい。

「なにす……」

「恋人ができたのか」

貴明は凪紗を押し倒しながら尋問する。華奢な手首を畳に縫い付けて、凪紗の動きを封じた。

「そうなんだな？　どこまで許したんだ？　身体を許したのか」

「……っ」

――怖い。

恐怖から身体が硬直する。貴明の静かな怒気が肌から伝わってくるようだ。

――なんで怒ってるの？　意味がわからない。

今まで一度も貴明から恋情のようなものを向けられたことはない。貞操の危機を感じたこともなかった。

だが彼の目の奥には仄暗《ほのぐら》い焔が宿っている。どろりとした劣情は複雑な感情が込められているように感じた。

「は、なして、貴明！」

「やはり手段を選ばずに連れ戻すべきだったんだ。正直お前の居場所を探すのは骨が折れたさ。だが見つけた後もおじいさまが手を出すなと言うから、大人しくしていたというのに」

「え……？」

貴明が凪紗の居場所を見つけたのは今年に入ってかららしい。

五年以上も逃げきれていたことに驚くやら落胆するやら。人口が多い東京にいても、人ごみに紛れて生きるのはできないようだ。

――おじいさまが危篤状態になるまで手を出さずにいた？　私が自ら帰ってくるのを待っていた？

一体彼は凪紗をどうしたかったのだろう。共に檻の中で生きる仲間がほしかっただけなのか。

「お前を穢《けが》した男はどこのどいつだ？」

「――ッ！」

目から光が消えている。凪紗は思わず息を呑んだ。

――怖い……！

なにを言っても貴明を刺激しそう。

「否定しないということはそういうことでいいんだな」

「ち、ちが……っ」

「今さら否定しても遅い」

着物の衿をグッと引き下げられそうになった瞬間、外から貴明を呼ぶ声がかけられた。

「貴明さま、神主さまがお呼びです」

頭上から小さく舌打ちが聞こえた。

貴明は凪紗の上から退いた。凪紗も体勢を整えて、乱れた衿元を直す。

「今行く。誰かあいつを地下の座敷牢に閉じ込めておけ」

「座敷牢、ですか？」

「二度も言わせるな」

「っ！　失礼しました」

足音が去って行く。残された凪紗は微妙な空気を味わっていた。

——手首、痛い……。

強く握られすぎたようだ。しばらく痺れはとれないだろう。

「凪紗さま」

昨日凪紗を部屋に案内した権禰宜のひとりだ。澄桜の事情にはあまり詳しくないようだ。

「構わないわ。あなたは自分の仕事をしただけ」

「ですが……いえ、出過ぎたことを」

「場所は知らないでしょう？　こっちよ」

まさか自分から進んで座敷牢に閉じ込められに行くとは思わなかったのだろう。困惑した気配が伝わってくる。

——子供のときに折檻《せっかん》で閉じ込められたとき以来だけど、掃除はされているのかしら。もしかしたら檻の中の方が安全かもしれない。

——まだ大丈夫。悲観するには早すぎる。

根拠のない自信があった。ここは自分の直感に従った方がいい。

「一通りの掃除道具も用意してくれる？」

「は、はい」

バタバタと慌てる人たちを眺めながら、凪紗はそっと息を吐いた。

◆　◆　◆

地下の座敷牢は凪紗が滞在している離れの地下に存在する。

勝手口付近の扉は一見納戸のように見えるが常に閉じられている。扉の中は薄暗い階段が地下へ続いていた。

木の格子が嵌められた牢は四つ存在する。その一番奥に凪紗は閉じ込められていた。

八畳ほどの牢屋には畳が敷き詰められている。そこに折りたたみ式の簡易ベッドと毛布が一枚、着替えが数着常備されていた。

まるで囚人のようだが、木の格子越しに中を見られる以外に不便なことはない。

どうやら定期的に掃除は入っているらしく薄汚さは感じられなかった。仮にも神社の敷地内に作っているのだ。不潔で不浄な場所にはしておかないだろう。

空気は循環しておりかび臭くもない。きちんとエアコンも機能するため夏でも適温だ。

——思ったほど不便ではないわね。布団じゃないのもよかったかも。

虫の心配をする必要がなくなる。畳の上に敷き布団を敷いただけでは、虫が気になって眠れそうにない。

太陽は入ってこないが電気は通っており、朝昼晩と食事は運ばれてくる。トイレと洗面台はついており、一応プライバシーにも配慮はされていた。

ただシャワーまではついていない。夕食後に世話人が凪紗を離れの浴室にまで連れて行く。

逃げようと思えばそのときがチャンスだが、しばらくはしおらしくしておいた方がいいだろう。最初から逃げようとすれば監視の目が厳しくなる。

——従順で大人しくしていれば数日で解放されるはずだわ。

だがなにもやることがない状況というのは苦痛でしかなかった。

スマホも娯楽もなく、音のしない世界では孤独がより一層強まる。考えなくていいことまで考えそうになり、そのたびに凪紗は大きく深呼吸をした。

「はあ、まだ二日目か……時間が流れるのが遅いわ」

一日一回、入浴のために外に連れ出されるので日数は数えられるが、そうでなければ時間の感覚も薄れるかもしれない。

座敷牢には窓がなく日差しが入らない。時計も奪われている状態で、ひたすらじっと己と向き合う時間を過ごしている。

早々に精神が消耗しそうだ。昨日座敷牢に入ってから、伯父と貴明は現れていない。しばらく放置して、凪紗の精神を消耗させるつもりなのだろう。

恐らく凪紗を弱らせたところで、伯父たちに都合のいい誓約書にサインでもさせるつもりだ。

仕事をしているときは休みが待ち遠しいのに、いざ仕事から離れると職場が恋しい。離れている時間が長くなるほど、置いてきた人たちが気になってしまう。

――みんな怒っているかな。呆れているかな。それとも少しは心配してくれているかな……。

無断欠勤が続いたら強制的に解雇だろうか。翠川に恩を仇《あだ》で返したくなかった。

壱弥はどうしているだろう。凪紗が姿を消してから四日が経過している。忙しい彼に負担をかける真似はしたくない。

「……はあ」

恋人になった途端失踪するような女には愛想をつかしても仕方ないのではないか。

凪紗の口から何度目になるかわからないため息が零れた。

――弱気になりたくないけれど、悪い想像が止まらない。

お前と関わらなければよかったと言われたら胸が押しつぶされそうだ。面倒な秘密があるような女は彼の荷物でしかない。

――好きにならなければよかったのかな。

互いを想い合える人がほしかった。一生に一度でいいから、愛し愛されてみたかった。

手相の占い結果を心の底から信じているわけではないが、「もしかしたら」という淡い願望が消えなかった。

自分にもどこかに運命の相手が存在して支え合える人と巡り合えたなら、希望を持って未来を歩けるのではないかと。

――でも、私が相手の足を引っ張るなら解放してあげた方がいいのかも……。

結婚を逃げ道のように考えたのが間違いだった。最初からうまくいくはずがなかったのだ。

大切な人を不幸の道連れにはしたくない。もしも底なし沼に沈むなら自分ひとりでいい。

克服したと思っていた諦め癖が顔を出す。これまでは凪紗が諦めればすべてが丸く収まっていたから。

もう一生ひとりで生きていくのも自由でいいではないか。誰にも利用されることなく、身軽で心の赴くまま生きていくのも幸せだろう。

「……でも、最後に一目会いたいな」

ここから出られたら壱弥に会いに行きたい。

そして自分の言葉で別れを告げて、旅に出よう。

思えば遠くに旅行をしたこともなかった。働き始めてから近場への小旅行はあったが、日本国内も行ったことがない場所が多い。

――北海道とか沖縄とか。海外旅行の前に行ってみてもいいかもしれない。

まずは綺麗な海が見えるところに行こうか。ご当地グルメがおいしい場所ならどこでも楽しめそうだ。

時間をかけて日本全国を巡るのもいいかもしれない。女性のひとり旅も珍しくはないのだから。

――そうだ。パスポートを作って、いつでも海外へ旅立てる準備をしておこう。

その前に引っ越し先も考えなくては。いっそのことキャンピングカー生活はどうだろうか。

別れた後を考えるのは果たして前向きと呼べるのか、後ろ向きと呼ぶのか。だが鬱々としていた凪紗の気持ちは浮上した。

――とにかくここから出てやるのよ。二日も大人しくしたんだから、そろそろ外の監視も弱まっているはず。

まずはなんとしてでも牢屋の鍵を開けてもらわなくては。

なにか異変が起これば、慌てて中に入って凪紗の様子を確認しようとするかもしれない。

大人しく寝ているだけなら素通りされてしまうが、明らかにおかしければ牢屋の中にまで入るだろう。

鍵が開いた瞬間を狙って脱出したらいい。うまく死角を作っておいたら出し抜くこともできそうだ。

使えるものを見回すが、この座敷牢には最低限のものしか備えられていなかった。

「ベッドは重くて持ち上げられないし無理だわ。毛布は汚したくないのよね……」

となると、思い当たるものはひとつしかない。

「よいしょ……っと」

凪紗はべりっと畳を持ちあげた。ひとりで運ぶのは重すぎて無理かと思ったが、引きずれば問題はない。

——とりあえず中の様子が見えないようにバリケードを作ろう。

格子の隙間を畳で塞ぐ。上部は隙間が空くが、すべて塞いでしまったら通路の光が入ってこない。

——畳の下はコンクリートって、どうりで冷えるはずだわ。

今が冬でなくてよかった。エアコンがあるとはいえ、底冷えするのは遠慮したい。

二枚目の畳を剝がし、二分の一ほど格子を塞ぐことができた。

コツン……。

「……っ！」

三枚目の畳に手をかけた瞬間、遠くから誰かの足音が近づく気配がした。

第六章

畳の陰に隠れてそっと格子の外を覗く。凪紗は予想外の人物の登場に目を瞠った。

「なにしてるの……？」

「君こそ一体なにをしてるんだ」

ぽかん、と目を丸くさせた壱弥はいつもよりも数歳若く見えた。

凛々《りり》しい顔も好きだが驚いた顔は可愛らしい。

きっと壱弥は凪紗が憔悴《しょうすい》しているとでも思っていたのだろう。上から下まで確認し、

「元気そうでなにより」と頷いている。

「それで、壱弥はどうしてここに？」

「決まっているだろう。君を助けに来たんだが」

「囚われのお姫様を助けにくるヒーローみたいね」

「ああ、予想外に勇ましい姫君だったがな」

中の惨状を見られている。

畳が剝がされコンクリートが剝き出しの状態に気づいたようだ。

「で、君の方は一体なにを？」

「畳を剝《は》いでバリケードを作ろうかと思って。プライバシーの確保にもなるし、おかしなことをしていたら様子を見に来た誰かが慌てて中に入ってくるかもしれないでしょう？」

そこを狙って相手に一発食らわせて、脱出を考えていたと答えた。

壱弥は堪えきれないようにくつくつと笑いだす。

「泣いて震えている姿ばかり想像していただけに、これは予想外だった」

「泣いて震えていた方が助け甲斐があった？」

客観的に見ても、畳を剝ぐような女は幻滅されるかもしれない。

――どうしよう。呆れられたかな？

だが壱弥から返って来た言葉は真逆だった。

「いいや、惚れ直した。君は自分にできる最大限のことをやろうとする女性だったたって気づかされた」

「……っ！」

泣いて助けを待つ悲劇のヒロインではない。自ら幸せをつかみ取ろうとする女性だと褒められた。

「そ、そう？　幻滅されていないならよかった」

何故だろう。壱弥の目を直視できない。胸の奥がそわそわする。

悠長に話している場合ではないのに、普段通りの会話が凪紗の緊張をほぐしている。

会いたいと思っていた人が急に現れたらどうしていいかわからなくなる。

つい先ほどまで、再会したら別れを告げようと思っていた。壱弥はわざわざ凪紗を選ばなくても、いくらでも素敵な女性と巡り合えるだろう。

だがいざ本人を目の前にすると、その覚悟が薄れてしまった。

――嫌だな、他の女性に譲るなんて。

彼の隣を歩く女性を想像したくない。自分以外の女性に親密に触れて、愛を囁いているなんて思いたくない。

じわりとした涙がこみ上げそうになるのをグッと堪える。急に泣き出したら情緒がおかしいと心配させるだけだ。

――好きだからお別れしないと。

でもその前に、何故ここまで来たのかが知りたい。

「どうやってここにたどり着いたのかは後で詳しく訊くけれど、ひとつ教えて。どうして私を助けに来てくれたの？」

壱弥は不可解な質問を聞いたとでも言いたげに眉根を寄せた。

「なにを言っている。そんなの凪紗が好きだからに決まっているだろう」

「……っ！」

別れる覚悟を決めたばかりなのに、その一言が凪紗の心臓を鷲掴みにした。

胸の鼓動が騒がしくて、心臓がギュッと痛くなる。

「それなら私と結婚して」

頭で考えるよりも先に口が動いていた。ポロッと零れ落ちた台詞が時間差で脳に届く。

衝動的なプロポーズだ。心が渇望するまま、凪紗は壱弥に懇願していた。

――なに言ってんだろう、私！　恥ずかしい！

「あ、ちがうの！　ごめんなさ……」

「なにが違うんだ？　嘘だと言うのか。今の謝罪は受け入れないからな」

今にも格子を壊しそうな勢いだ。凪紗は思わず後ずさりそうになった。

「離れるな、凪紗。今のが君の本音だろう」

「う……っ」

「もう一度言え。俺は君の本心だけが知りたい」

力強い眼差しにはなにかを乞うような色が視えた。命令口調は高圧的なのに不思議と怖くはない。

——威圧感を出しながらも緊張している。私におねだりでもしているみたい。

本音を言っても嫌われない。ここには凪紗の感情を無視する人はいない。

太鼓のように大きくなる心臓を宥めながら、凪紗は壱弥を正面から見つめる。

「離れたくない。壱弥とずっと一緒にいたい……！　私と結婚して？」

感情が溢れて止まらない。高揚と共に零れた涙が頬を伝う。

「ああ……ヤバいな。自分から言わせておきながら、こんなにもたまらない気持ちになるなんて」

ガコン、となにかが外れた。昔ながらのかんぬき錠は外からなら誰でも外せる造りになっている。

壱弥はあっさり扉を開いて、頭をぶつけないように座敷牢に入った。

極上の笑みが牢屋と似つかわしくない。

「俺と結婚しよう、凪紗。俺はとっくに君に惚れているし手放すつもりもない」

ちゃんとしたプロポーズはしかるべきところでするると宣言されて、凪紗は顔を真っ赤にする。

壱弥に抱きしめられる寸前、凪紗は咄嗟に腕を突っぱねた。

「あの、待って。私、かび臭いかも」

毎日汗は流しているが、座敷牢の空気が綺麗とは言い難い。それに寝具類に臭いが染み付いているかもしれない。

壱弥は気にせず凪紗を力いっぱい抱きしめた。

「凪紗の匂いしかしない」

「……っ！　嗅がないで」

ぎゅうぎゅうに抱きしめられる。その力強さが心地いい。

誰かが来る前に座敷牢から脱出しなくてはいけないのに、一度壱弥の胸に抱きしめられたら離れがたい。

「凪紗、キスしていいか」

「……して？」

そっと目を閉じる。微かに微笑んだ壱弥の気配を感じ取りながら、凪紗は唇に伝わる熱を甘く受け入れた。

二度、三度と触れ合うだけだった温もりが次第に熱くなっていく。口内に彼の舌が侵入し、隅々まで蹂躙《じゅうりん》される。

「ん……っ」

荒々しくも優しいキスが凪紗の心と身体をとろとろに溶かす。足元がふらついて、縋《すが》るように壱弥のスーツをギュッと握った。

――キスが懐かしい。たった数日離れていただけなのに。

いつの間に壱弥の存在が大きくなっていたのだろう。凪紗の心にはとっくに壱弥が棲みついていた。

再会後に別れを切りだすなんて無理だった。

離れることを考えたら涙が止まらなくなる。

「凪紗」

慈愛に満ちた声で名を呼ばれた。壱弥に呼ばれるだけで自分の名前が特別な響きを持つようだ。

「ここで抱いていいか」

熱を帯びた声で懇願されて頷きそうになったが、ハッと現実に引き戻された。

「ダ、ダメです！　ダメに決まってるでしょう！」

いつ誰がやってくるかわからない場所でなにを考えているのだ。地下に隠しカメラはつけられていないようだが、万が一ということも考えられる。

「はあ、もう何日も君に触れられてなくて凪紗欠乏症なんだが」

ゴリッとした硬いものが腹部のあたりに当たった。それがなにかわからないほど凪紗は初心《うぶ》ではない。

――ッ！　わざとこすりつけてる!?

情欲を隠しもしないのはいっそ潔いのだろうか。求められていることがわかってうれし

い反面、直球すぎて動揺が激しい。

数日前の情交を思い出し、咄嗟に頭を振った。

「……そ、んな病名は存在しないので」

「知らないのか、凪紗。恋人欠乏症は一般的な病だぞ」

恋の病に処方箋は存在しない。元々恋愛に不慣れな凪紗はこういうときどういう切り返しをしたらいいのかわからない。

「それに着物ってエロすぎるだろう。禁欲的でそそられる」

「っ！　露出はないのに!?」

抱擁が解けた後マジマジと見つめられた。

「今はじゃれ合ってる場合じゃなくて」

「そうだな。楽しみは今夜にとっておこう」

——え、それはそれで不安……！

着物でプレイがしたいと言い出しかねない。悪代官ごっこを想像しているかもしれない。

「忘れ物はないな？」と問いかけられて、凪紗はピンク色の想像を打ち消した。

「特には。私物はここにはないので」

「わかった。それなら行くぞ」

逞しい手が凪紗の手を握りしめる。その温もりが心地いい。

凪紗の心細さは完全に消えていた。まるで子供の頃に抱いていた寂しさまで溶かされた気分だ。

手を引かれながら階段を上がる。ふと出口の扉の施錠が気になった。

「扉に鍵がかかっていたはずなんだけど」

「ああ、壊しておいた」

「えっ！」

「ただの南京錠だ。弁償ならしてやるが、すでに不法侵入をしている身だ。今さら器物損壊罪が追加されたくらい痛くもかゆくもない」

「ええ……」

豪胆というか大胆不敵というか。壱弥は凪紗の常識を軽々と超えていく。

――そうだ、そもそも不法侵入だったんだ！

大丈夫なのだろうか。鷹月家の御曹司が神社の不法侵入で捕まりでもしたら、壱弥の家族にも迷惑がかかる。

「あの、私なんてご家族にお詫びしたらいいのか……」

「詫びなんて不要だ。嫁を攫ってくるだけだからな」

「よ、嫁？」

「囚われの姫君を助けに行くんだ。多少の無茶も必要だろう。それになにもせずにいた方が勘当されるだろうな」

平然と言いながら、壱弥は扉を開いた。彼が言った通り施錠はされていない。

――頼もしくてかっこいいけれど、一体どんなご家族なのかしら。

壱弥の背中が大きく感じられる。抱き着きたい衝動を堪えながら、凪紗は母屋までの道のりを案内した。

◆◆◆

二日ぶりに日差しを浴びた。陽の傾き加減から夕方に近いのだろう。

――夜ではないとは思っていたけれど、昼間に堂々と乗り込む神経が改めてすごい。

壱弥の豪胆さに感心するやら呆れるやら。ひとりではないと言っていたため、手引きをした人間や協力者がいるようだが、凪紗の前には現れていない。

私物を回収しないまま撤退はできない。手荷物のバッグとスマホを取り戻すためにも、凪紗たちは正面から母屋に向かうことにした。

「凪紗さま!?　何故こちらに」

「その方はどなたですか」

「おい誰か、貴明さまをお呼びしろ！　不審者だ！」

——まあ、逃げも隠れもせずに現れたらこうなるわよね。

「落ち着いてください。この人に怪我を負わせたら許しません」

バタバタと周囲が慌ただしくなるが、壱弥は平然としている。むしろどこか面白がっているようだ。

「盛り上がってきたな」

「楽しまないで」

「ますますお姫様とヒーローごっこが楽しめそうだ。よし、凪紗を抱き上げて堂々と本拠地に乗り込んでやろうか。どんな顔を見せるか見物だな」

「挑発しないで。それじゃあヒーローじゃなくて悪役だから」

何故こうも肝が据《す》わっているのだろう。凪紗の心臓はバクバクしているというのに。

——貴明兄さまと壱弥が並んだら、壱弥の方が悪人顔に見えるかもしれない……。

貴明は線が細い。神経質で繊細にも見える。自信に溢れて自己肯定感も高い壱弥の方が威圧感も貫禄もあるだろう。

母屋の廊下を歩く。伯父家族と対面した座敷へ向かうことにした。

だが角を曲がったところで、凪紗たちを待ち構えていたように貴明が現れた。

「随分デカいネズミが侵入したようだな」

「ほう、ネズミとは俺のことか？　生まれてこの方ネズミに例えられたことはないが」

――でしょうね。

例えるなら大型の肉食獣だろう。捕食者であって被食者ではない。

「凪紗、どういうつもりだ。今度は逃げないとでも？」

「……逃げたってまた連れ戻されるなら同じじゃない。それならきちんと決別した方がいいでしょう」

「決別？　なにを言っている。お前は私の妻になるのに」

「はあ？」

壱弥が一瞬で殺気立った。凪紗の肩がぴくりと反応する。

――殺し屋みたいな殺気を出さないでほしい……！

味方なのに壱弥からも責められている気分だ。彼の視線がどういう状況なのだと説明を求めている。

「笑えない冗談はよしてもらおうか。凪紗の夫になるのは俺だ」

「っ！」

壱弥にグイッと腰を抱き寄せられた。独占欲を丸出しにした行動に心臓が高鳴るが、今はドキドキしている場合ではない。

貴明の視線が鋭さを増した。能面のように表情が消えると、ぞくっとした恐ろしさがこみ上げる。

「なるほど、貴様が凪紗を誑かした男か。どこの馬の骨かは知らないが、コレは澄桜の人間だ。お引き取り願おうか」

「生憎《あいにく》、女性をコレ扱いするような男に言われて引き下がるくらいなら、こんなところに乗り込んでいないぞ」

「罰当たりだな。ここをどこだと思っている。うちを敵に回す覚悟ができていると？」

一触即発の空気を感じる。頭上で交わされる応酬に口を挟む隙がない。

——私が怯《ひる》んじゃダメだ。

凪紗は壱弥を庇うように一歩前に出た。

「やめて、貴明兄さま。この人は私の大切な人なの」

「大切な人だと？　そんなものお前には不要だろう」

「……っ」

大事なものを作ってはいけない。何故なら巫女は中立性を求められるから。

献身的で平等であることを強いられて、物にも人にも執着してはいけないと言われてきた。

——恋愛は不要。でも結婚は必要。そこに特別な感情はいらなくて、ただ役目を果たすためだけの道具でしかない。

嫌な気持ちが蘇りそうだ。心の奥にどろりとした澱《おり》が溜まりそう。

「本当、クソみてえな環境だな。凪紗が逃げ出すのも無理はない」

「なんだと？」

「与えることをせず奪うことばかりしてきたお前たちが、凪紗を幸せにできるとでも？　俺から凪紗を奪いたいなら、俺より幸せにできる証拠を見せるんだな」

「……」

――どうしよう。泣きそう。

目頭がじわりと熱くなる。泣き顔を見られるのは絶対に嫌なのに、うれしくて涙が出そうになるのははじめてだ。

どうして壱弥はいつも凪紗がほしい言葉をくれるのだろう。相手の意思を尊重して思いやるというのは、単純なようでいて誰にでもできることではない。

少なくとも凪紗が育ってきた環境では、その単純なものを感じ取ることができなかった。

「そこでなにをしている。騒がしいぞ」

「父さん」

伯父が義伯母を伴って現れた。

「誰だ、この男は。凪紗はどうしてここにいる」

「申し遅れました。私、このような者です」

壱弥はスーツの内ポケットから名刺を取り出した。見たことのない営業スマイルを浮かべている。

訝《いぶか》しむように名刺を受け取った三名はそこに刻まれている名を見て目を丸くさせた。

——え、なに？　なんて書かれてるの？

翠川経由で壱弥の素性は知らされているが、彼がどこの企業でなにをしているかまでは把握できていない。あからさまに顔色が変わったということは名だたる企業の重役なのだろう。

「鷹月家の……」

「ああ、ご存知でしたか。鵜生川はうちの分家ですからね、本家の名前を知っていてもおかしくないですが」

先ほどまで突っかかっていた貴明は渋面を浮かべている。義伯母は顔面蒼白だ。

——鵜生川家が鷹月家の分家って……じゃあ彰吾さんと遠い親戚関係ってこと？

地方の政治家一族と繋がりがあったとは。やはり世間は広いようで狭い。

「……立ち話もなんだ。座りなさい」

座敷の中へ案内される。凪紗は困惑顔のまま壱弥にエスコートされた。

大急ぎで茶の用意がされて、向かい合わせに伯父夫婦と対面する。居心地の悪さを感じながら、凪紗は視線を彷徨わせていた。

「それで、鷹月家のご子息がどのようなご用件ですかな」

「私の婚約者と連絡が取れなくなったので、迎えに来ました。もう凪紗と再会できましたので、あとは彼女の私物を返していただければ用事はありません」

未来永劫用はないとでも言いたげだ。にこやかに言い返せる壱弥が頼もしいと思いつつもヒヤヒヤする。

——いわば敵の本拠地で喧嘩を売っている状況なのでは？

壱弥の仲間がどこに潜んでいるのかはわからない。ひとりで乗り込んできたわけではないというのが幸いだろう。

きっと神社の周辺を固めているとは思うが、それでもハラハラする。

「失礼。婚約者というのは凪紗で間違いないと」

「そうでなければわざわざ来ませんが」

凪紗はぎろり、と義伯母に睨まれた。その目にどのような感情が浮かんでいるのかはわからないが、気に食わないという敵意だけは伝わって来た。

——厄介ごとをって思ってそう……。

鵜生川の本家で、かつての婚約者より格上の家柄との縁談など断ったらどうなることやら。

「鷹月家の御曹司だか知りませんが、凪紗を他家に嫁がせるつもりはありません。お引き取りを」

「貴明？」

息子が凪紗を娶る話は聞いていないのだろうか。伯父の顔に困惑が滲んでいる。

「なにを言ってるんだ、お前は。鷹月家のご子息だぞ。分家の尻拭いを自ら進んでしようとしている方になにを」

「随分な言い草だが、尻拭いをしに来ているわけではない」

結婚式を白紙にされたのは六年も前のこと。凪紗はすぐに家を出てしまったため、祖父たちがどのように折り合いをつけたのかはわからないが、なあなあではないはずだ。

「おかしいでしょう。おじいさまが倒れてから現れるなど。この男は遺産目当てで凪紗を娶りたいに違いない！」

「はあ？」

地を這うような声音だ。

金目当てで凪紗に近づいたと思われたことが壱弥の逆鱗《げきりん》に触れたらしい。

「数億だか数十億だか知らんが、誰がそんなはした金いるか！」

「……っ」

思わず漏れた悲鳴は誰のものなのか。凪紗の心臓も大きく跳ねた。

――億単位をはした金って呼べちゃうのも怖すぎるんですが……！

大人げない反論だが、壱弥にとっては本心だろう。

貴明と壱弥は今にもつかみ合いの喧嘩をしそうである。そのような喧嘩がはじまらないうちに撤退したい。

「あの……」と声をかけようとした直前。パシン！　と襖が開かれた。

「静まれ。外にまで声が漏れておる」

「お、じいさま……！」

臥せっていたはずの祖父、斉昭が車いすに乗って現れた。起き上がることすらやっとのはずなのに、驚異的な回復力だ。

「お加減は大丈夫なのですか」

義伯母が駆け寄った。

世話人の手を借りながら、祖父は静かに凪紗と壱弥を見つめる。

「そなた、名をなんと申す」

「鷹月壱弥です」

「そうか、よい名じゃな。……凪紗、この者と生涯を共にする覚悟があるか」

祖父から未来を問われたのははじめてだ。

凪紗の胸に言いようのない感情がこみ上げる。

「はい、あります」

少しでも迷ったらすぐに見抜かれるだろう。凪紗は真っすぐ祖父の目を見つめ返す。

「……ならばよい。お前が選んだ相手じゃ。不足はない」

「おじいさま!?」

「貴明、お前は少しこの家に縛られ過ぎじゃ。まあ、縛り付けていたのは我らだが……もういい加減あるべき姿に正さなくてはな」

「なにを仰っているんですか。凪紗を娶って家を守れと言ったのはあなたでしょう。我が家から巫女を手放すなど」

「もうよい。力で縛り付けるのは愚かな行為で間違いじゃった。澄桜のためと言いながら自由や幸せを取り上げる権利はない。すまなかった」

「……っ」

祖父が凪紗と貴明に頭を下げた。記憶にある限り、そのように謝罪をされたことは一度もない。

——……ああ、なんて勝手な人だろう。

今さら謝罪を受け入れることはできない。過ぎた時間が戻ってくるわけではないのだから。

死期が近いから、今のうちに謝りたいということなのだろうか。すっきりした気持ちであの世に行きたいと思っているのなら、この謝罪も自分のためだろう。

恐らく貴明も同じように憤っているに違いない。彼の形容しがたい渋面を見ていたら、凪紗は冷静さを取り戻した。

「これからを生きる者たちは好きなように生きなさい。悔いが残らないように」

その言葉はもっと早く聞きたかった。

凪紗は手のひらを爪が食い込むほど強く握りしめる。だがその手を解くようにそっと壱弥が凪紗の手を握りしめた。

「壱弥殿。凪紗をよろしく頼むぞ」

「はい、お任せください」

結婚の許しを得られた。これでもう澄桜に用はない。

「おじいさま、どうぞ遺言から私の名前を削除してください。私はなにもいりません。この家には大切なものがひとつもありませんから」

思い出も未練も残っていない。すべて簡単に捨てられてしまうものばかり。

言葉にして伝えることが祖父を傷つけることを知っていても、凪紗ははっきり告げた。

執着心を抱かないようにと育ててきたのは祖父だ。おかげで二十二年間、凪紗は空っぽ同然で生きてきた。

「でも、この家を出てから大事なものをひとつずつ見つけました。そして壱弥さんと出会えました。これ以上の幸せは望んでいないんです」

家を支えてきたのは伯父夫婦だ。性格に難はあるが、義伯母も献身的に祖父を支えたひとりである。

家督を継ぐ者たちがすべてを相続するようにと依頼すると、祖父は心得たように「そうか」と呟いた。

「どうぞ澄桜との絶縁をお許しください」

はっきり言葉に出すと声が震えそうになった。言った傍から後悔しそうになる。

明日死ぬかもしれない老人に心労がかかることを言うべきではないのではないか。せっかく回復しても、容体が急変するかもしれない。

――けれど、生きているうちに言質を取りたい。私はもう二度と、この地に足を運ばないから。

「……凪紗、わしの謝罪を受け入れる必要はない。お前が望む通りにしよう」

「……ありがとうございます。お世話になりました」

胸の奥が苦しい。

幸せを摑むために切り捨てたのに、凪紗にも少なからず家族の情が残っていたらしい。

だが凪紗は未来を選んだだけ。今は心苦しさが残っているが、それも時間とともに薄れていくだろう。

――でも最後に気がかりを全部消していきたい。

凪紗は今後の占いの書の扱いについて問いかけた。

「あれは澄桜の家宝だぞ。遺産の代わりによこせと言われても渡せるものではないっ」

これまで黙って成り行きを見守っていた伯父が声を荒げた。

だがそれを制したのも祖父だった。

「やめなさい、寿明《としあき》。貴明、アレをここへ」

「父さん！」

祖父に命じられた貴明は数分後、母屋の金庫からボロボロになった冊子を持ってきた。百年以上前に書かれた占い結果だ。予言書とも呼ばれるそれを見ても、凪紗にとっては誰かの日記のようにしか思えない。

——伯父さまたちが必死になって守ろうとしているものがこんなにもくたびれていたなんて。

きっとこれを書いた先祖も、まさかここまで神社の要になっているとは思わなかっただろう。占いが得意だった巫女が書き記したものと言われているが、ただの創作だった可能性も捨てきれない。

「……こんなものがなくても、昔のように地元の人から愛される神社になればいいじゃないですか。元々は地域のための神社だったんでしょう？　政治家や経営者のためじゃない。占いなんかに頼ることなどもうやめましょう。未来なんてわからなくて当然なんだから」

　占いは縋るものではなくて、背中をそっと押してくれるためのものだ。

　ほんの少しの助言を得て、一歩が踏み出せる。もしかしたら、そうなったらいいな、が詰められたものが占いなのではないか。

「それに十分奉納金はいただいたはずです。神様だって、多少奉納金が減ったとしても文句は言いませんよ」

　数十年はお腹いっぱいになるほどたんまりもらっていたはずなのだ。凪紗は把握していないけれど、億単位の財産は株や投資で儲けたものではない。

「凪紗はそれがほしいのか」

「巫女でもないお前がそれを所有したらどうなる。狙われるぞ」

　祖父に問いかけられたが、貴明が苦言を呈す。

　神社の参拝客には権力者が大勢いる。代々受け継がれている占いの存在を明かした後に凪紗に譲られれば、我が物にしようとする者が現れてもおかしくはない。

「別にほしくはありません。でもこのままにしておいていいとも思っていません」

「ならばどうする？」

　先ほど祖父は、あるべき姿に戻すときが来たと言っていた。もう祖父も、この書物に頼ることは余計な火種を生むだけだとわかっているのだろう。

　――これが原因で、今後不幸になる人を生み出すべきじゃないわよね。

よくも悪くも、澄桜の人間はこの書物に振り回されてきたのだ。よからぬことを企む権力者から狙われる可能性もあるのならば……。

「……いっそ燃やしちゃうとか？」

凪紗の口から大胆な提案が零れた。

思い付きで口走っただけだったが、案外悪くないのではないか。

「そう、燃えて消えたことにするんです。ただボヤが起こったという事実を作るだけでもいいと思います。本当に燃やすかどうかの判断はお兄さまたちに任せますが」

「正気か？　人為的にボヤを起こせと？」

「ちゃんと周囲に配慮して裏山にまで火が回らないように限定する必要があるけれど。被害が拡大する前に消火できる準備を整えておけば、ボヤ騒ぎで収められる」

「あり得ない。消防に通報したら火元だって調べられるんだぞ」

「よくある原因にしたらいいのでは？　煙草の不始末とか。神社の境内では禁煙だと言っているのに、朝になると吸い殻が落ちてることだってあるでしょう？　いつ火災に繋がってもおかしくないわ」

実際に煙草の不始末が原因とされる火災は各地で発生している。欧州の世界遺産の大聖堂が火災によって甚大な被害を受けた。火災の原因は特定されていないが、煙草の不始末という説も出ている。

悪いことを口にしている自覚はある。建物に火をつけることを勧めるなどどうかしているだろう。

――神を祀る社で火を放てなんて、罰当たりにも程があるわ。

ただボヤ騒ぎがあったという事実を作るだけでも十分だ。

被害は最小限に留めて、不幸中の幸いを演出する。都合の悪いことを隠すために。

実際になにが燃えたかどうかまでは、他者は知る由もない。

「凪紗がこんな悪事を提案するようになったのはあなたの影響ですか？　鷹月さん」

「さあ、どうだろうな。凪紗の前では大人しくしているつもりなんだが」

壱弥の挑発的な笑みが貴明を煽る。

ふたたび言い争いがはじまらないうちに、凪紗は貴明に問いかけた。

「でも貴明兄さまのことだから、とっくにデータベース化しているでしょう？」

万が一のことを考えて行動しているはずだ。リスクヘッジは大事だと考えているから。

冊子をスキャンして保存くらいはしているだろう。手書きをわかりやすくパソコンで打ち直しているかもしれない。

貴明の眉がかすかに動いた。彼もあまり感情を表に出さないが、不機嫌を露わにしている顔だ。

「それならオリジナルが紛失したとしても痛手にはならないはず。本当は全部消した方がスッキリすると思うけど、代々守られてきたものが消えてしまうのもね……取り返しがつかないから」

処分するのはたやすいが、二度と蘇らない。

──一時的な感情で判断するべきではないけれど、もう表には出さないでほしい。

不幸な人が現れてほしくない。凪紗の願いはそれだけだ。

「我が家の家宝を燃やすか燃やさないかはお前たちが決めなさい。責任は私が取ろう」

「伯父さま」

巫女が不在時は祖父と伯父が凪紗の代わりを務めてきた。思い入れはあるはずだ。

貴明がじろりと凪紗を見やる。どうするんだと言いたげだ。

「ならばわしと一緒に燃やせばいい」

静観していた祖父が口を開いた。思いがけない言葉に息を呑んだ。

「お前たちは強欲なじじいのわがままに従ったまでのこと。誰かに訊かれたら遺言通りにしたと言いなさい」

「おじいさま……」

古い慣習は終わりを迎える。澄桜が繁栄するのも廃れるのも時の流れに任せればいい。

──実際にどうするかを決めるのは、この家に残る人たちだ。

伯父と従兄がどのような決断をするのか凪紗にはわからない。本当に祖父の棺《ひつぎ》に入れるのか、手元に残したままにするのか。

だが伯父は当主の意向に従うだろう。貴明も同じく。

「凪紗、元気でな」

「……はい。お世話になりました」

きっと祖父の葬儀にも参列できないだろう。これが永遠の別れなのだと思うと、鼻の奥がツンとした。

――自分で選んだことだもの。前を向かなくちゃ。

背筋を正して一礼する。

そのまま祖父の小さな背中が見えなくなるまで頭を下げ続けた。

◆　◆　◆

鳥居の外に出ると、これまで張り詰めていた緊張が一瞬で解けたような心地になった。

疲労がどっと押し寄せる。帽子とマスクで顔を覆いたいところだが、生憎そのようなものは手元にない。

――着物姿も目立つから嫌なんだけど……。

スマホとバッグは返されたが、凪紗の服は戻らなかった。

「貴明さまの命令で処分しました」と言われたときは眩暈がしたものだ。

そこまでするか？　と思ったが、そういうことをする男だったのを思い出した。

「ダメだわ、もう疲れた！　早く東京に戻りたい」

気を抜くと眠気にも襲われる。気力と体力を随分消耗した。

どこかで洋服に着替えたいところだが、服を調達する時間も惜しい。

「一応ここが地元なんだろう。行っておきたいところはないのか？　思い出の場所とか友人の家とか」

「そうね。初恋の人とはじめて歩いた通学路とか」

「……」

「無言になるのやめてくれる？　そんな人がいないのは知ってるでしょう」

悲しいくらい花のない学生時代を歩んできたのだ。甘酸っぱい恋などは縁遠かった。

「わからんだろう。中高が女子校でも出会いなどはいくらでもある。初恋相手と歩いた通学路なんぞに案内されたら嫉妬しそうだ」

「通学路に!?」

ちょっと引いてしまった。

凪紗は一歩壱弥から離れると、途端に不満そうな声で避難される。

「待て、なんで離れる？」

「いえ、なんとなく……壱弥の地雷がどこにあるかわからないなと思って」

「なにを勘違いしているのかわからんが、学生時代の凪紗に会えなかったのが悔しいという意味だぞ。絶対可愛いだろう。写真はないのか？　卒業アルバムは？」

幼少期のアルバムの存在を思い付いたのだろう。壱弥はハッとした表情で「アルバム一式持ってくるの忘れた」と呟いた。

「取りに行かせる。待ってろ」

「嘘、ちょっと本気!?　待って、誰に連絡してるの？」

「その辺で暇してるだろう護衛に依頼してる」

――護衛？　協力者がいたとは聞いていたけれど……！

改めて壱弥は鷹月家の御曹司だというのを思い出した。

今さらながら彼とは住む世界が違うのではないか。億単位の遺産をはした金扱いできる男なのだ。

――どうしよう。逆プロポーズしちゃったけれど、私の方こそ家の方からふさわしくないと思われるんじゃ……。

背筋に汗が流れそうだ。

実際の婚姻に関しては鷹月家の意向を確認してからになるだろう。

「よし、アルバム類は回収するように依頼した。じゃあ他に行くところはもうないな？」

「え？　うん、全然ないから大丈夫。懐かしむような思い出はひとつもないので。着物でうろつくのも目立つからやめた方がいいと思う」

物心がついてから育った場所なのに、思い入れがほとんどない。変わらない景色を見ても郷愁を覚えることもない。

それがほんのり寂しく感じられるが、これから大事な場所を育んでいけばいい。

「私が思い出を作りたい場所は壱弥の隣だけ」

そっと彼の手を握る。

本来なら急な予定を入れられるような人じゃないのに、仕事を調整してまで助けに来てくれた。どうやって感謝したらいいのだろう。

「……そういえば仕事は？　今さらだけど大丈夫なの？」

「問題ない。有給は有り余っているからな。休めるときに休めなければ有給の意味がないだろう。結婚の許しを得に行くんだから邪魔などさせん」

「……っ！」

「いろいろ準備に手間取ってしまったが。澄桜に乗り込むのに無計画というのは無謀だと言われたからな」

「言われたって、誰に？」

「この家を知る協力者に」

境内の地図を入手し、人員を集めるだけでも二日かかったそうだ。座敷牢の存在まで知っていた人間は少ないはずだが、内部の手引きがあったのだろうか。

——誰だろう。うちの権禰宜も、多分新しい人は知らないはずだけど……。

だが古くから仕えてくれている権禰宜は把握している。その者たちと交流があった者なら座敷牢の場所を知っているかもしれない。

「それと事前に両親には結婚の宣言をしておいたから問題ないぞ。今頃実家は盛り上がってるかもしれないな」

「知らないところでなんてことが……」

——本当、今さらだけど男前すぎじゃない？

顔が熱くてにやけそうになる。心臓がドキドキしすぎて落ち着かない。

「あの、ちょっと手を放してもらっても……」

「嫌だ。なんで離れようとするんだ」

「急に恥ずかしくなってきたので、手汗がですね……」

緊張して手汗が出ているかもしれない。一旦手を拭《ぬぐ》わせてほしい。

だが壱弥は手を放すどころか、指を絡めてギュッと握りしめてきた。

「ほう、ドキドキしすぎて恥ずかしいのか。だが手は放さん」

「その心は」

「もう俺の元から逃がさないし、存分に恥ずかしがればいい」

「……っ！」

意地の悪い笑みがよく似合う。

凪紗が睨みつけても鼻歌でも歌いそうなくらい上機嫌だ。

壱弥の表情は甘く蕩けている。

「……はあ、わかった。早く帰りましょう。駅まではタクシーを呼んで、在来線に乗ってから新幹線で帰るのが一番早いかと」

タクシー配車アプリに登録されていなければ、タクシー会社に直接電話するしかない。

もしくは壱弥の護衛の判断に任せた方がいいだろう。

だが凪紗の提案はあっさり却下された。

「もうすぐヘリが到着する」

——ヘリ？

凪紗はぽかん、と口を開けた。今、なにかとんでもないことを言われた気がする。

「ヘリ、とは……？　え、どこに？」

「ここに。臨時駐車場の空き地があってよかったな」

神社の駐車場は二か所ある。少し離れた駐車場は祭事がないときは常に空いていた。

壱弥から開けた場所に案内してほしいと言われたときは疑問に思ったが、護衛の指示ではなかったらしい。

──まさかヘリを呼んでいたなんて、冗談だと言ってほしい……！

「待って、理解が追い付かない。ヘリって簡単に呼べるものなの？　チャーターできるの？　いくらするの？　というか、急にそんなヘリとか言われましても……！」

「そろそろ来るな」

遠くからバラバラとプロペラの音がする。本当にヘリがお出ましになってしまった。

──ええー!?

目の前で着陸したヘリを呆然と眺める。凪紗は驚きすぎて声も出せない。

「あの、事前に言って？　急に御曹司らしいことをされても困るんですが！　動揺するから！」

「なにを言ってんだ。凪紗こそ由緒正しい神社の巫女なんて一般的にはお嬢様だろう」

「そんなものじゃない！　お嬢様は座敷牢に監禁されないし、畳を剝がすこともしませんよ！」

「それは違いない。だがそんなところもじゃじゃ馬らしくていいと思うぞ」

手を繋がれたままずるずると引きずられる。乗らないという選択肢はないらしい。

──そもそも私、空の旅ってはじめてなんですが！

飛行機にも乗ったことがなかった。

いきなりヘリに乗るのは不安と恐怖で慄《おのの》いてしまう。

「待って待って、心の準備が……！」

「早くふたりきりになりたいと言ったのは君だろう。観念しろ」

「観念してヘリで帰るっておかしくない!?　って、わあ！」

身体を横抱きにされて運ばれる。

抵抗虚しく乗せられて、壱弥が凪紗のシートベルトを締めた。

「わ、私、高いところはちょっと……ほとんど経験がないので……」

「帰ったらパスポートを取るぞ。次の連休は海外だな」

「は？」

「はじめての海外はどこに行きたい？」

そう提案されるのはうれしいが、それはきっと今じゃない。

「ひぃ……っ！」

浮上する感覚が慣れなくて恐ろしい。そしてなによりプロペラの音が凪紗の恐怖心を煽る。

「無理！　しばらく空の旅は遠慮します……！」

外を眺める余裕もないまま、凪紗は故郷を後にした。

第七章

数日ぶりに壱弥の部屋に帰宅した。すっかりこの家が凪紗にとっての我が家になっている。

――大変な目に遭った……。

ヘリに乗ってから早々に気絶していたらしい。気づいたら都内のヘリポートに着陸しており、壱弥が手配していた車でマンションまで送り届けられた。

飛行時間は二時間も経っていないが、はじめての経験は刺激的すぎた。

「大丈夫か、凪紗」

「ふらふらする……今日一日でいろんなことがありすぎて頭がパンクしそうだけど、なんとか……」

まだ揺れているような感覚だ。都会の夜景を楽しむ余裕はもちろんなかった。

――私、三半規管って弱かったっけ？

車や電車以外の乗り物には乗ったことがない。これなら船にも乗れないだろう。

「腹は減ってるか？　なにか食べられるようなら適当に用意するが」

「ううん、お腹は全然。それよりお風呂入りたいかな」

汗を流してすっきりしたい。いい加減着物も窮屈だ。

凪紗が使用している部屋に向かおうとするが、背後から腹部に壱弥の腕が回った。

「わかった。お湯を貯めてくる」

「え？　あの、なんでそっちに……？」

自宅内で抱き上げられてリビングのソファに座らされた。壱弥は「待ってろ」と一言告げると、浴室へと消えていく。

――私は自分の部屋のお風呂に入るつもりだったんだけどな……？

凪紗の客室についているのはユニットバスだ。メインの浴室の方が断然広い。

今のうちに着替えを準備しようとするが、戻って来た壱弥が邪魔をした。

「どこへ行く」

「着替えを用意しようかと」

「いらないだろう。バスローブがある」

「でも、着替えは絶対いるよね？　夏でもクーラーをつけてたら湯冷めするかもしれないでしょう？」

クーラーをつけたリビングは少しずつ冷えてきた。だが着物の下に着こんだものが汗を吸い取って熱がこもっている。

「またすぐ脱ぐんだからバスローブだけで十分だろ」

「……っ！」

情事を匂わせる発言に凪紗の顔が赤くなる。

――そういえば、帰ったら覚えてろ的なことを言われたような……！

座敷牢で抱きたいと言われたのを拒絶したときにお預けを食らわせたのだ。当たり前だがあの場所で情事に耽《ふけ》ることはできない。

帰宅早々に貪られる可能性をすっかり忘れていた。まさか壱弥も一緒に風呂に入るわけではあるまいな？　と、凪紗の目が問いかける。

「なんだ、一緒に入らないとは言わせないぞ」

「っ！　お風呂は壱弥だけでどうぞ！　私はシャワーにするから……」

「遠慮はいらん。疲れた婚約者を隅々まで洗ってやろう」

「いいです遠慮します！」

労わりの押し売りはよしてほしい。リラックスどころではなくなってしまう。

凪紗は顔を真っ赤にさせたままおろおろと視線を彷徨わせた。

一緒にお風呂に入るのははじめてではないが、疲労困憊で半分寝ているような状態と、意識がはっきりしているときとでは羞恥心の感じ方が違うのだ。

「諦めろ。俺は折れないぞ」

笑顔で言うことではない。声にならない悲鳴が出そうになった。

「あの、じゃあ時間差で！　私先に入って頭洗いたいから」

「頭も俺が洗ってやるぞ？」と言うが、気持ちだけで十分である。そそくさと浴室に逃げようとするも、ふたたび壱弥が阻止した。

「まだお湯が貯まるまで時間がかかる。その間にこれにサインしてもらおうか」

「サイン？　なんの契約書……」

ソファの前のセンターテーブルに置かれたのは婚姻届だった。壱弥の欄はすべて記入済みである。

「……壱弥さん。これは？」

「見た通り婚姻届だな。俺と君の」

「一体いつの間に準備して……？」

「さあ、いつだろうな？」

にっこり笑った顔が少々黒い。どことなく翠川と同類のような匂いを感じて、凪紗は今さらながらにタイプの違う二人が学生時代から親友なのを思い出す。

——壱弥も悠斗さんと同じくらいお腹が黒いんじゃ……。

自分には到底太刀打ちできない相手だろう。先手を打ってすべて先回りされてしまいそうだ。

「あの、気持ちはありがたいしうれしいんだけど、婚姻届を提出するのは待った方がいいと思うの」

「何故だ。俺は明日にでも出したい」

「何故って、壱弥のご家族の許しを得ないといけないでしょう？　結婚の宣言をしてきたとは言っても、実際に私と会ったら反対されるかもしれな……」

「絶対ない。反対されない」

どうして断言できるのか理解に苦しむ。

凪紗は鷹月家に若干の不安を覚えた。

「直接ご挨拶に伺ってからじゃないとダメだと思う。こういうのは順序が大事だし、それに私とお会いして壱弥のお嫁さんには相応しくないと判断される可能性もゼロではないでしょう？」

「絶対ない」

——二度も言った！

自信満々に否定できる壱弥はある意味清々しい。

「その根拠は……」

「両親とはとっくに俺が選んだ相手を受け入れるという書面を交わしている。それに凪紗が相手だと知ったら喜んで迎え入れるだろう」

「それは……私が澄桜の関係者だから？」

絶縁したら自分に利用価値はないのではないか。

——私は霊能者でもなければ超能力者でもない。ただ神社の生まれというだけで……。

特殊ななにかを望まれているのであれば困る。浮ついていた凪紗の気持ちが一瞬で凪《な》いでしまった。

「鵜生川彰吾との結婚式については当然うちの両親も把握している。両親は本人の望まない婚姻は時代錯誤で不幸になるだけだと思っている。さすがにヤクザの娘を迎え入れたいと言われたら渋るだろうが、凪紗のことは気の毒だと思う人たちだ」

自分で選んだ伴侶と生涯を共にする。それが最善で幸せに繋がるだろう。

「気の毒だから受け入れてあげようと思っているってこと？」

「そういう訳ではない。我の強い俺が選んだ女性だぞ。きちんと理解を示してくれる」

親子の信頼関係が築かれているらしい。壱弥がこれほどはっきり言うならば、凪紗が否定されることはなさそうだ。

「わかった。私も受け入れてもらえるならそれが一番うれしい。でも婚姻届は保留ね」

「おい」

「記入はするけど提出はダメ。ちゃんとご挨拶してからにしましょう？」

名家の子息だというのに、壱弥は慣習に囚われない自由人らしい。

「結婚は個人だけの問題じゃないから。私はたくさんの人に「おめでとう」って言ってもらいたいもの」

六年前の結婚式を思い出す。ひそひそと話す人たちは口々に『可哀想に』と呟いていた。

――もう可哀想だなんて思われたくない。私は大好きな人を自分で選んで幸せになるのだと、自信満々に言いたい。

じっと壱弥を見つめる。

彼は根負けしたように深々と息を吐いた。

「…………わかった。婚姻届の提出は一旦保留、先に両親と挨拶ができるように手配しておく」

「ありがとう、壱弥！」

「会わなくていいのに。むしろ誰にも会わせたくないが」

ぶつぶつと呟く彼に感謝を込めて抱き着いた。一体壱弥の家族はどういう人たちなのだろう。

――不安がないとは言えないけれど、少し楽しみかも。

強烈な身内は自分の親戚だけで十分だが、彼らのおかげである程度の人たちなら許容範囲内に思えてくる。

「私には両親がいないから、壱弥のご両親をお義父さん、お義母さんって呼べるのうれしいし楽しみ」

「そんなこと言われたら泣いて喜ぶぞ」

感情表現が豊かな人たちらしい。できるだけ早い日取りで挨拶に行きたいと希望を告げた。

「話し合いをしている間にお湯が貯まったな」

「お風呂に入ってくるね」

抱き着いていた身体を離して浴室へ向かう。だが壱弥は凪紗の手首を取った。

「待て、俺が着物を脱がしたい」

「え？　なにも楽しくないと思うけど」

「なにを言う。着物を脱がすのは男のロマンだろう」

――ちょっとよくわからない……。

悪代官ごっこがしたいのだろうか。壱弥なら悪役の台詞も似合うが。

――まあ、着物だけならいっか。肌襦袢に触らせなければ。

凪紗は壱弥の好きなようにさせた。シュルシュルと帯が解かれていく。

「あの家では着物が普段着だったのか？　凪紗は着付けもできるのか」

「着付けはできるけど、普段着というのはどうだろう。普段から和装が多かったけれど、巫女装束も同じくらい着ていたから」

「凪紗の巫女姿は美しいだろうな。俺もちゃんと堪能したかった。みんなが知ってるのに俺だけ知らないのはなんかいけすかない」

——どんな嫉妬？

凪紗は小さく噴き出した。凪紗にとってはただ着せられていただけなのに、一般的には特別感があるのだろうか。

「アルバムを漁れば巫女姿の写真もあるか？」

「一枚くらいはあるかもね。もう二度と着ることはないと思うとなんだか感慨深いものがあるけれど、あのまま壱弥が助けに来なくて巫女としてこの家に尽くすことになっていたら、髪も黒く染められて今の私の方が貴重な姿かもしれない」

「神道にはそんな規定があるのか？」

「印象商売というか、清廉さが大事だから。華美な化粧も好ましくないからね」

巫女は神職扱いではない。巫女になるための資格はいらず、多くの場合は社《やしろ》の身内が就くことが多い。

神楽を舞い神事の補佐をし、お守り作りや事務がメインの仕事だ。だが凪紗の場合は滅多に表舞台に立つことはなく、年に数回の祭事で神楽を舞う以外は裏御籤の占いと、お守り作りの担当だった。

「黒髪が嫌いなわけじゃないんだけど、染めたのは反抗心があったから。身なりを変えるのが手っ取り早くあの家を忘れられると思って」

「なるほど。まあ俺としては、どんな髪でも魅力的だが」

着物が床に落ちた。

ヘアクリップを外されて、髪をひと房手に取られる。

そのまま壱弥は凪紗の髪にキスを落とした。流れるような仕草に惚けそうになるが、身体を清める前に口づけられて焦りが湧いた。

「ちょっと、汚いから。汗臭いしダメ！」

「ならばさっさと綺麗にするか」

「あ、待って！　着物は脱がせてもいいけれど肌襦袢まではダメ！」

「俺は凪紗がこの下に下着をつけているのかが気になっている」

大真面目な顔で言うことではない。

「ちゃんとつけてます！」

壱弥の手が届かない場所までサッと逃げると、じりじりと後退《あとずさ》った。これ以上リビングにいたら彼のペースに飲まれてしまう。

「私が呼ぶまで来ないでね!?」と、告げてから浴室へ逃げた。

――数日離れていただけなのに、なんでこんなに緊張するんだろう……！

気持ちに変化があるのだろうか。壱弥が好きなことに変わりはないが、自分からプロポーズをしたことを思い出した。

「……っ！」

諦め癖がついていた自分が諦めきれずに摑んだ人だ。好きという感情が加速していてもおかしくない。

――好きって気持ちはどこまで大きくなるものなの？

手早く肌襦袢と下着を脱いで脱衣所の籠に突っ込んだ。戸棚を開けて入浴剤を探す。できるだけ色がつくものがいい。青か白かで悩み、無難に乳白色を選んだ。

――色つけておこう。お湯の中に入っていれば肌も透けないはず。

髪と身体を清めてから湯に浸かる。壱弥が隅々まで洗いたいと言っていたが却下することにした。

昨日はのんびり湯に浸かることはできなかった。元々夏場はシャワーのみの日が多くなるが、外で付き人を待たせていると思うと余計手早く汗を流していた。

――やっぱり自宅が一番いい。

好きな人の隣にいたい。それが叶うことが夢みたいに幸せだ。

「帰って来たんだな……」

帰って来れた。そう思える居場所があるなんて、これ以上の幸せがあるだろうか。

乳白色に色づいた湯の中で身体を丸める。膝に額を当てていると、浴室の扉が勢いよく開かれた。

「遅い！」

「っ！」

「おい、まさか寝てないよな!?」

慌てた声でわきの下に手を入れた壱弥に持ち上げられた。凪紗は思わず呆然と壱弥と目を合わせる。

「びっくりした……」

「それは俺の台詞だ。風呂場で寝たら死ぬぞ」

湯が跳ねてシャツが濡れている。壱弥は凪紗から手を放すと、脱衣所で荒々しく衣服を脱いだ。

「チッ、入浴剤なんて全部捨てておくんだった」

「一番最初に言うのがそれなの？」

御曹司のくせに舌打ちなんて行儀が悪い。だが不思議と似合っている。

壱弥の裸を直視できず、パッと視線を逸らす。自分の裸を見られることも恥ずかしいが、彼の素肌を見ることも慣れない。

「俺が全部洗うと言ったのに破ったな？」

じろりと睨まれるが怖くない。凪紗は「またの機会に……」と、未来の自分に丸投げした。

壱弥はカラスの行水なみに手早く全身を洗うと、浴槽に身体を沈める。溢れた湯が勢いよく流れていく。

「で、なんでそんなに離れてるんだ」

「なんででしょうね……？」

「照れ隠しなら逆効果だぞ。もっと恥ずかしがらせたくなる」

「いじめっ子発言反対！」

まったく恥ずかしがってもいない壱弥が少々憎たらしい。チラリと視線を向けると、濡れた黒髪が額に貼りついて凄絶な色香を醸し出していた。

――フェロモン過多では……。

ごくり、と唾を飲み込んだ。湯加減は熱くないのに、一瞬で上せそうになった。

「凪紗、おいで」

チャプン、と水が跳ねた。壱弥の手が凪紗に差し出される。

「……っ」

引力に引かれるように、優しく微笑む彼の手を摑んだ。そのままグイッと引き寄せられる。

――ここで「おいで」って言うなんてズルい。拒絶なんてできないししたくない。

胸の高鳴りが止まらない。浴室は彼の声もよく響く。

温かい素肌に包まれると不安もストレスも全部消えるみたいだ。胸の奥から愛しさがこみ上げてくる。

「壱弥……ありがとう」

「ん？　急にどうした」

「ちゃんとお礼が言えていたか覚えていないから。私、壱弥が来てくれてすごくうれしかった。本当は東京に戻れたら壱弥とお別れしようと思っていたの」

「……は？」

凪紗の腰を抱く手に力が込められた。安心させるように彼の肩をポンと叩く。

「過去形。私からプロポーズしたでしょう？　あそこで壱弥が現れるなんて思わなくて、うれしすぎて衝動的に結婚してって言っちゃった」

頭でごちゃごちゃ考えるより心のまま動いた方がいい。凪紗は自分の選択を一切後悔していない。

「俺を振って君はどうするつもりだったんだ」

「漠然と、日本国内を旅するのもいいかもしれないなって。しばらく東京を離れて、でもその前に壱弥の家から出て行かなきゃいけないなとか、それならいっそのことキャンピングカー生活も悪くないかもとか」

「却下。いきなりすぎる。キャンプ生活もしたことがないような箱入り娘にアウトドアなんて難易度が高すぎるだろう。国内でも治安だっていいとは限らないんだぞ」

「もちろん現実的に考えたら厳しいとは思っていたけどね？」

「凪紗の行動力は侮れないからな。日本中を動き回ったあげく海外に飛んでそうで恐ろしくなる」

「……あと、パスポートも作ろうと思ってた」

壱弥の指が凪紗の頬を引っ張った。

「いひゃい」

「俺を置いてひとりだけで海外旅行は泣くぞ」

拗《す》ねられるように言われると笑いが零れる。

「泣いちゃうの？　それなら考え直すわ」

ギュッと壱弥の首に抱き着いた。自信家で俺様な男が泣くと宣言するほどのことだと思うと、ずっと傍にいてあげたい。

「だがまあ、パスポートを申請するのは賛成だ。ないよりは持っておいた方がいい。近場なら週末旅行もアリだな」

「それも楽しそう。でもしばらくは壱弥とふたりきりでゆっくり過ごしたいかな」

旅行を楽しむ元気が充電できるまで、人の視線が気にならない場所でふたりきりの時間を味わいたい。

「もう俺から離れようなんて考えていないよな？」

至近距離から見つめられる。

彼の視線の強さを受け止めながら、凪紗はしっかり頷いた。

「離れない。離れたくない。ずっと壱弥の傍にいさせて？」

衝動のまま彼の頬にキスをした。形のいい耳を甘噛みすると、壱弥の肩がピクリと揺れた。

好きという感情が溢れると相手に触れたくなるようだ。身体を密着させて体温を共有したい。

頬や首筋に触れるだけのキスをしていると、壱弥から苦悩めいた唸り声が響く。

「俺を手玉に取るつもりか？」

「どういう意味？」

「君に触れられたらどうなるか忘れたのか」

「ひゃ……っ！」

後頭部に手が差し込まれた。唇が隙間なく合わさる。

腰を抱き寄せられて胸が壱弥の胸板に押しつぶされた。口内が熱い。壱弥の肉厚な舌に翻弄されて、あっという間に高みに上る。

「ン……ッ」

密着しているのになにかが足りない。もっとほしいと、貪欲な欲望が湧き起こった。

――お腹の奥まで熱い。身体も溶けちゃいそう。

ずくずくとした疼きが止まらなくなる。身体の奥まで満たされたくて、とろりとした蜜が溢れてきた。

「このままほしいが、ゴムがない」

熱い吐息が凪紗の鼓膜を擽った。欲望のまま行為には及ばない理性は残っているらしい。

「出るぞ」と一言呟いてから壱弥は凪紗を抱き上げた。

不安定さは感じない。彼の逞しい胸に身体を預けていると、バスマットの上に下ろされた。

手早くバスローブを身につけさせられて、わしゃわしゃと髪も拭かれる。熱に浮かされたようにぼうっとしている間に壱弥もバスローブを身につけた。

「髪を乾かさないと風邪ひくな。あとスキンケアもか」

湯上がりはやることが多いとでも言いたげだ。苦々しい感情が伝わってくる。

「髪は俺が乾かす」と言い、凪紗は愛用しているシートマスクを渡された。何故壱弥が自分の好みを知っているのだろうと疑問に思いながらも、ありがたく使わせてもらう。

壱弥はヘアードライヤーをセットして洗面台の前に立たせると、凪紗の髪を手早く乾かしだした。

――これって乾かすだけで艶サラヘアーになれるって有名なドライヤーの最新モデルでは……？

風量マックスで勢いよく乾かされる。いつも凪紗がかけている時間の半分くらいでしっとりサラサラな髪に仕上がった。

「おお……早いし手触りがすごくいい」

「そうか」

顔につけたシートマスクを処理している間に、壱弥も手早く己の髪を乾かし終えた。

――日常生活を共にするというのは、何気ない時間の積み重ねなんだろうな。

甘やかされるのがくすぐったい。彼が自分を甘やかすのと同じくらい、凪紗も甘やかしてあげたくなる。

「水分補給もするように」

常備しているミネラルウォーターを渡された。丁寧なことにキャップまで開けてくれて

いる。

「ありがとう。いただきます」

自覚はなかったが、湯上がり後は喉が渇いていたらしい。半分ほどボトルを飲み干すと、壱弥は満足そうに頷いた。

「もういいな？　これで懸念はないな？」

「え？　はい？」

一体なんのこと……と疑問を口にするよりも早く、凪紗はふたたび壱弥に抱き上げられた。

「私、自分で歩けるから」

「俺が運んだ方が早い」

連れ込まれたのは壱弥の寝室だ。数日前となにも変わった様子はない。

存在感のあるベッドの中央に寝かせられた。

壱弥は荒々しい手つきでバスローブを脱いだ。恥ずかし気もなく裸体を凪紗に見せつける。

「……ッ！」

挑発的な笑みが憎らしいほど魅力的だ。濃密な色香が隠しきれていない。

「気づいてなかったとは言わせないぞ。俺は十分待っただろう？」

待てができないほど駄犬ではないとでも言いたいのだろうか。凪紗が望むように風呂に入れて、アフターケアまで施した。

――私の意思を尊重してくれたのはうれしいけれど、ちょっと待ってほしい！

余裕のない表情には、ようやくメインディッシュにありつけると書かれている。滴り落ちるような色香を吸い込むと、くらくらと眩暈に襲われそうだ。

「あの、もう少し待ってとは言わないけど」

「なんだ」

「その、もうちょっと小さくしてほしいなとか思ったり……」

視界にチラつく壱弥の雄は無視できないほどの存在感だった。記憶の中の彼はここまで大きかっただろうか。

臨戦態勢になった雄をはっきりとは覚えていない。だが、このサイズは無理があるのでは……。

「一体何日我慢したと思ってるんだ。それにこのくらいが普通だぞ」

臍につきそうなほど反り返ったものを今まで受け入れていたと言われても、にわかに信じがたい。

それなのに凪紗の身体は壱弥の雄を待ち望んでいるかのように、奥から蜜を分泌する。胎内は切なげに収縮し、ズクンとした疼きをもたらした。

――見ただけで濡れちゃうって、私変態では？

顔に熱が上りそうだ。視線を彷徨わせておろおろするが、バスローブの紐を解かれてハッとする。

「壱弥、口から心臓が飛び出るかも」

「どういう意味だ」

「ドキドキしすぎて、身体がおかしくなってるみたい……」

将来を誓ったからだろうか。自分の弱さや実家との確執をすべて受け入れてもらえたことが心にも変化をもたらしているのだろう。

好きという感情がもっと深いものに変わっている。表面だけの言葉ではない。身体の奥までしみわたるほど愛情が深まっているようだ。

「好き……前よりもっと。きっと昨日より今日の方が壱弥が好き。明日もその先も、ずっとずっと壱弥だけが好き」

「……っ！」

壱弥はみるみる赤面する。効果音がついたら、ぶわっとという表現がぴったりかもしれない。

「……俺をそんなに喜ばせてどうしたいんだ。ますます余裕なんて消えるぞ」

片手で顔を覆い、深い息を吐いている。

素直な気持ちを吐露しただけだったが、どうやら負荷をかけたらしい。

凪紗はゆっくり身体を起こして、ベッドに座る壱弥を抱きしめた。

「いつか後悔しないように、気持ちはたくさん伝えておきたいの。好き、大好きって。毎日抱きしめてキスをして、離れていても心で繋がっていると信じたい」

「俺から離れる予定はなしだぞ」

不穏な気配を感じた。凪紗の身体に回った腕が力強い。

「今回みたいに離れたりしないわ。そもそも私の意思で帰省をしたわけじゃないから。でも仕事中は壱弥と一緒にいられないし」

「……俺の個人的な秘書として傍にいたらいい」

凪紗の胸元でもごもごと言いだした。駄々っ子に甘えられているようだ。

いつもは隙がないほど格好よくて自信家で、目の前に聳え立つ障害など力づくで薙《な》ぎ払うような人なのに、こうして甘えられると可愛くてたまらない。

「今の仕事が好きだからごめんなさい」

「……女性客としか接客させないよう悠斗に命じておく」

――それも難しいかな。

時と場合によるとしか言えないが、ほんのり独占欲を感じて愛おしさが増した。

チュッ、と壱弥の頭頂部にキスを落とす。膝立ちをした状態だと彼の形のいい頭もよく見える。

そのまま額にキスをすると、壱弥は深く息を吐きだした。

「……もう無理。これ以上我慢したら監禁してしまいそうだ」

「急に物騒なことを呟かないで？」

「凪紗、喰わせろ」

ドサッとベッドに押し倒された。両膝を立てさせられたと思った直後、グイッと脚を広げられた。

「きゃあっ」

しとどに蜜を垂らす中心部に壱弥が喰らいついた。今まで舐められるのは恥ずかしいと拒否していたが、これ以上凪紗の要望を聞く気はないのだろう。

「や、そんなとこ……っ」

淫靡な水音と共に蜜を啜る音が響いた。肉厚な舌が蜜口を舐めては浅く入口を突く。

「んぅ、アァ……ッ！」

ぞわぞわとした快感がせり上がる。不浄な場所を舐められているだけで背徳感が湧いてくる。

「舐めても舐めても止まらないな」

「っ！　そ、んなとこで、喋らないで……」

吐息がかかってくすぐったい。腰がビクンと跳ねて、身体をよじりたくなった。

「こら、逃げるな」

両脚を立てたまま固定された。

逃げたくても逃げられず、与えられる快楽に翻弄される。

「ひぁ……っ！」

ひと際快楽を強く感じる花芽に吸い付かれた。ズクン、と下腹が強く収縮し、頭のてっぺんまで電流が駆け巡る。

「ダメ、それ、ダ、メ……っ」

「イイ、の間違いだろ？」

れろり、と控えめな花芽が壱弥の舌先で嬲られる。

壱弥とは何度も身体を重ねているが、今まで感じたことがないような刺激に襲われた。

身体がより敏感になっているようだ。

——どうしよう、頭がなにも考えられなくなっちゃう……。

思考に靄がかかっている。

理性が薄れて、身体も心も気持ちいいことに貪欲になっていく。

「夜はまだまだこれからだぞ？」

皮膚の薄い太腿の内側にきつく吸い付かれた。

「ン……ッ」

赤い鬱血痕《うっけつこん》が綺麗に浮かんでいる。

キスマークという概念は知っていたが、実際壱弥に付けられるまではどうやってそれができるのかも知らなかった。

「……壱弥のせいで、エッチになっちゃう」

「なんだそれ。最高じゃねえか」

クスリと笑いながら、彼はふたたび凪紗の白い肌に所有の証を刻んだ。

「キスマークだって知らなかったのに……」

服に隠れないところにはつけないでほしい。接客業なのだから、外見には気を付けなければいけない。

「牽制目的でがっつりつけたいところなんだがな」

そっと首筋に触れられた。

彼の指先で撫でられるだけで、身体中の神経が集中する。

「首は我慢しよう。胸は？　ここなら見えないだろう？」

デコルテの下、胸のふくらみに触れられた。下着で隠れるところにつけたいと言われると断り辛い。

——ううん、断りたくないかも。

日中離れていても壱弥の存在を感じたい。痣が消えるのが寂しくなるくらい、所有印をつけてほしい。

「うん、つけて?」

熱に浮かされた目を壱弥に向けた。恐らく理性的な思考が残っていたら、淫らなおねだりなどしないだろう。

「……言質はとったからな」

彼は優しく胸を弄りながら右胸のふくらみに唇を寄せた。

チクリとした痛みが走るが、今の凪紗にとっては快楽に変わる。

「ん……」

やわやわと胸を弄られるのも気持ちいい。壱弥の指先が胸の頂をキュッと摘まむ。

「あぁ……っ」

コリコリと弄られるだけでふたたび蜜が溢れてしまいそうだ。

壱弥は胸に赤い華を咲かせると、芯を持った果実を口に含んだ。

――どうしよう。身体中が全部気持ちよくてたまらない……。

彼の頭を抱きしめる。触り心地のいい黒髪を乱しているのかさらなる快楽をねだっているのかわからない。

「はあ、いやらしくてたまんないな」

唾液で濡れた熟れた果実が淫靡で直視しがたい。いやらしすぎて凪紗の瞳がじわりと潤んだ。

「も、いいから……」

十分身体は受け入れる準備ができている。これ以上時間をかけて弄られたら、本番を迎えるまでに体力の限界が来てしまうかもしれない。

「早くちょうだい……？」

囁きながらねだると、壱弥の瞳の強さが増した。隠しもしない劣情が凪紗に向けられる。

「演技でも計算でもないんだろうな」

手元に用意していた避妊具の箱を見せつけられた。

「全部使いきるまでここから出さないから。覚悟しとけよ？」

歯でピッ、と封を切った。その姿が凄絶なまでに色っぽいが、告げられた台詞が不穏すぎた。

「全部……？」

全部と言われると、ひと箱だけとも限らない。

「壱弥、あの……」

「煽ったのは君だ。もう少し慣らそうと思ったのに」

愛液でぬるついた蜜口に二本の指が挿入された。身体は喜んで迎え入れるように難なく飲み込んでしまう。

「あぁ……っ」

「準備は整っているようだな」

壱弥の指に蜜がまとわりついている。それを見せつけるようにぺろりと舐めて凪紗を挑発した。

「……っ！」

心臓がドキドキと高鳴っている。うるさいほどの鼓動を感じながら、壱弥の雄が泥濘に沈められた。

「ン、ぅ……ッ」

先端を飲み込むのが一番苦しいが、そこを通り過ぎるとぞわぞわとした快楽がこみ上げる。

――あ、奥まで入ってくる……。

内臓を押し上げる感覚はまだ慣れないが、痛みは感じない。身体の内部が彼の形を覚えているかのように、壱弥の雄を包み込んでいた。

「ク……、挿入しただけで持って行かれそう」

壱弥はグッと眉根を寄せた。眉間に皺を刻む表情も色っぽくて、凪紗は無意識に中に埋められた欲望を締め付ける。

「……ッ！　クソ、油断すると煽られる」

「ちが、煽ってなんか……」

「ああ、そうだな。無意識なんだよな」

壱弥の額に浮かんだ汗を拭おうとして、その手を握られた。

「今触れられたら力づくで抱き潰しそうなんだが」

「……っ！」

中の屹立が一回り膨張した。グッと奥に押し付けられて、凪紗の背筋に震えが走る。

——手、熱い……。

余裕のない表情をずっと眺めていたい。壱弥の瞳に映るのが自分だけだというのがたまらない。

手のひらに唇が押し付けられた。

敏感な手のひらをざらりと舐められるだけで、凪紗の快楽も刺激される。

「ン……、壱弥……」

「動くぞ」

宣言の後、律動が開始された。

腰を打ち付けられるたびに一段ずつ高みへ昇る。

「あ……、アァ、ン……はぁ、っ」

断続的な嬌声が甘ったるい。淫靡な水音が室内に響き渡り、鼓膜まで犯すようだ。

ひと際感じる場所を擦られるとなにも考えられなくなってしまう。

——気持ちいい……もっと。

「んん……あぁ……っ」

吐息混じりの嬌声がひっきりなしに漏れた。気持ちいいことに貪欲で、ひとつになれた喜びに身体も心も支配されそうだ。

「……っ、搾り取られそうだ」

凪紗の身体から出て行かないでほしいと無意識にねだっているのだろう。膣壁がぎゅうぎゅうと壱弥の楔を締め付ける。

余裕のない表情がセクシーでもっと見ていたい。

ぼんやりした思考のまま、潤んだ瞳で壱弥の顔を網膜に刻みつけるように見つめ続けた。

「っ！」

耐え切れないとでも言うように彼の雄が暴発した。不本意さが伝わってくるが、凪紗が宥めるよりも早く壱弥は事後処理をする。

「やられた。もう少し保つと思ったんだが、可愛すぎて困る」

苦々しい表情をしつつ新しい避妊具に手を伸ばした。一度出したとは思えないほど彼の雄は復活が早かった。

「次は何分保つだろうな？」

「アァ……ッ」

グチュン、とふたたび泥濘に楔が埋められた。先ほどと同じかそれ以上に長大なものが凪紗の奥まで蹂躙する。

「ん……、休憩とか……」

「水分補給が必要なときに考えよう」

――それ、本当に休憩になるのかしら。

喉が渇いたと訴えたら、恐らく壱弥は口移しで水を飲ませそうだ。疲労困憊状態の凪紗はペットボトルから水を飲むことも辛いかもしれない。

「次に凪紗が好きな体位で交わろうか」

片脚を大きく広げられて、ズチュンと奥を穿たれる。

希望を訊いてくれるのは果たしていいことなのだろうか。

――羞恥心を煽られるだけの気がする……！

「ない、特にないから……っ」

「そんなことはないだろう。どれか好きなものがあるはずだ」

「え……えっ？」

これまで凪紗の顔が見えるように正常位が多かったが、彼は凪紗が満足していないと思ったようだ。

奥まで挿入した雄を引き抜くと、凪紗をコロンと反転させた。

「きゃあっ」

腰を高く持ち上げられて、ズズッと後ろから埋められる。

「あぁ……やぁっ！」

「違う角度に当たって気持ちいいだろう？」

「これ、ダメ、恥ずかしい……！」

恥ずかしいところが全部丸見えだ。羞恥心が煽られて、凪紗はぎゅうぎゅうと壱弥の雄を締め付ける。

「……ッ、さっきより感じているようだが？」

「アアン……ッ！」

ギリギリまで引き抜かれて、勢いよくグプンと根本まで埋め込まれた。最奥を刺激されると目の前に火花が散ったかのよう。

——なんか、ダメ……もっと感じちゃう……！

枕に抱き着いて声を押し殺す。

だがそれが壱弥のお気に召さなかったらしい。抱きしめていた枕を背後から取り上げられてしまった。

「あ……！」

「なんか気に食わん。俺以外のものに抱き着くなど」

——横暴！

「声も我慢するなよ？　もっとも、俺に虐められたいならそれでも構わんが」

凪紗は咄嗟に首を左右に振った。

そういうプレイが望みだと思われたらたまったものではない。

「壱弥のバカ……」

背後を振り返りながら罵倒した。

先ほどよりも身体が熱く火照っている。

だが凪紗の表情を見た彼はぴたりと律動を停止した。深々と息を吐くと、凪紗の腹部に腕を回す。

「はぁ……、困った。涙目で罵倒とか新しい扉を開きそうになるんだが？　どうしてくれるんだ」

「ちょっとなにを言って……って、きゃあっ！」

繋がったまま身体を背後に起こされて、壱弥の上に座らされた。身体を後ろから抱きしめられたまま、奥深くまで彼の雄を飲み込む。

「んぅ……っ！」

「やっぱり抱きしめられる方がいいな？　正面でも背後でも」

「耳元で喋らないで……」

ぞわぞわとした震えが身体中に走り、鼓膜を犯されている気分になる。

不埒な手が凪紗の下腹をまさぐった。貫かれたまま外から刺激されると、より一層壱弥の存在を感じる。

「凪紗、こっち向け」

顎に手をかけられて背後からキスをされる。体勢は苦しいのに、彼の温もりが感じられると身体から力が抜けそうだ。

——上も下も、全部壱弥でいっぱい……。

キスをしながら身体をまさぐられる。胸も下腹も優しく撫でられて、胎内からは彼の雄が凪紗の快楽を引きずり出すのも忘れていない。

もどかしくて腰が揺れそうになった。気持ちいいのにまだなにかが足りない。

首筋に壱弥の顔が埋められる。うなじにキスを落とされて、ぞくっとした震えが駆け巡った。

「……ッ」

「首も肩も腰も、全部が華奢だな」

抱きしめられながら背後から胸をやわやわと弄られる。不埒な手が凪紗の胸の頂をキュッと摘まんで、その刺激の強さがたまらない。

「あぁ……」

首筋を甘噛みされる。歯形がつかない程度に優しく噛まれただけで、達しそうなほど気持ちがいい。

「中が震えてる。凪紗は虐められるのが好きなのか」

「ん……ちが、うから……っ」

「じゃあなにが好きなんだ？　俺に教えてくれ」

好きなものをひとつずつ見つけようと提案された。凪紗の心を尊重する優しさに心も身体も満たされそう。

——私が好きなもの……。

「壱弥……顔が見たいの。壱弥の顔を見つめながら抱き着きたい」

背後から抱きしめられるのも好きだが、正面から抱き着く方が好きだ。

——私、壱弥の顔も好きなんだわ。

一見顔立ちが整いすぎていて表情が乏しく見えるが、凪紗の前では感情表現が豊かだ。些細な変化も感じ取れるほど。

彼がなにを思っているのかが知りたい。どういうときに色っぽい表情を見せてくれるのかに興味がある。

「あと、壱弥が気持ちよく喘ぐ姿も見たい」

「それは却下だ」

希望を訊き出しておきながら却下するとは。凪紗の口がムッとするが、そんな心情を理解するよりも先に壱弥は凪紗の中から分身を引き抜いた。

「あ……んっ」

彼の存在が感じられなくなると、途端に喪失感を覚える。満たされていたものがなくなるのは切ない。

「凪紗、自分で挿入できるか？」

「が、んばる」

座ったままの壱弥に自分から乗る。凪紗の眉がへの字に下がった。

両手を彼の肩に置いて、膝を跨いだ。何度も割れ目を擦りつけて、引っ掛かりを覚えたところに腰を落とす。

「ン……ッ」

グプン、と奥まで飲み込んだと同時に深い息を吐き出した。これだけで達成感を抱きそうだ。

正面から壱弥の表情を眺められるのがうれしい。凪紗は無意識に彼の頬に手を伸ばした。

「壱弥の顔がよく見える」

ふわりと微笑んだ瞬間、彼にギュッと抱きしめられた。そのまま噛みつかれるようにキスをされて、胸の中に閉じ込められる。

「凪紗が可愛すぎる。今夜は十回は付き合ってもらうからな」

「……聞き間違いだと思いたい」

せめてその半分でお願いしますとの希望は壱弥の口内に吸い込まれた。

正面から抱きしめられたまま精を吐きだされたが、壱弥は手早く処理をすると新しい避妊具を自身の屹立にかぶせる。

「あと八回」

満面の笑みで怖いことを言う彼に、凪紗は引きつった笑みを浮かべるのだった。

エピローグ

東京に戻った翌日。

翠川の店の閉店後に、凪紗は壱弥とともにこれまでのことを報告した。

壱弥は定期的に翠川に報告を入れていたらしいが、凪紗は直接翠川に謝罪がしたかった。

事情があったとはいえ連絡なしに無断欠勤をするのは、社会人としてあってはならないことだ。

「本当にご心配とご迷惑をおかけしました。申し訳ありません」

「いいって、そんなに畏まらなくても。なにはともあれ、ふたりが無事でよかったよ。凪紗ちゃんが連絡もなしに欠勤する子じゃないことくらいわかってるから」

「ありがとうございます……白昼堂々誘拐されるなんて思わず、油断してました」

「それは誰も予想できないでしょう」

六年も経過していれば逃げきれたと考える方が普通だろう。

「それでちゃんと皆さんと話し合いができたんでしょう？　とりあえず一件落着ってことかな。それにどうやら他にも報告があるようだし？」

ニヤニヤとした笑みを向けられる。凪紗は思わず視線を彷徨わせた。

「なんだ、悠斗。察しがいいな」

「まあ、それだけ幸せオーラをばらまかれちゃね～。しかも壱弥は独占欲をまるで隠しきれていないじゃない。凪紗ちゃん、こいつの愛がウザくて重いって思ったらうちに避難してきていいからね？」

「おい、余計な提案をするな」

――相変わらず仲がいいな。

これだけ遠慮なく言い合えるのは仲がいい証拠だろう。

「ありがとう、悠斗さん。でも私には壱弥くらい真っすぐに感情をぶつけてくれる人がちょうどいいみたい」

「そっか。まあ、確かにはっきり言わないと凪紗ちゃんには伝わらないし、うっかり攫われても見つけ出してくれるような愛情深くて行動力のある男じゃないと釣り合わないか」

コトン、と目の前にシャンパングラスが置かれた。いつの間にかボトルを開けていたようだ。

「お祝いに一杯いいでしょ？　あ、壱弥にはノンアルビールね」

ありがたくグラスを呷《あお》る。よく冷えたシャンパンが緊張で渇いていた喉を潤した。

「ところで、うやむやになっていたんだけど私を見つけ出した方法とは？」

どこに攫われても見つけてくれるというのは心強いが、疑問が残る。

——多分悠斗さんから私の事情を訊きだしたんだろうけど……でも実家にいるとは限らないものね。

一応翠川には実家の住所も知らせていた。万が一凪紗の身になにか不幸が起こった場合に備えて、緊急連絡先を渡していたのだ。

ノンアルコールビールのタブを開けながら、壱弥は平然と答えた。

「文明の利器を使っただけだな。凪紗のスマホの位置情報を辿った」

「ＧＰＳ？　……なにかアプリでもインストールしてたっけ？」

「恋人同士なら位置情報の共有は大事だろう？　いつでも君を迎えに行けるように」

シレッと言われると、そういうものなのかと納得しそうになった。今まで恋人と呼べる相手がいなかったため、凪紗は素直に「そっか」と頷いた。

「いや待って？　凪紗ちゃんはなんでも鵜呑みにしちゃダメだからね。おかしいと思ったときはおかしいって言うんだよ」

空いたグラスにふたたびシャンパンが注がれた。礼を言いながら、今回はそのＧＰＳのおかげで助かったので不問にすると答えた。

「まあ、僕としては親友の長年の片想いが成就してよかったとは思ってるよ。あ、婚約指輪はうちで作ろうか？　フルオーダーで、凪紗ちゃんの気に入ったルースからデザインしてあげる。どの鉱山がいい？」

鉱山から宝石を選ばせてくれるのは宝石店ならではかもしれない。

凪紗はほんのり酔った頭で「婚約指輪」の単語に目を輝かせるが、その前に聞き捨てならないことを聞いてしまった。

「長年の片想いって？」

隣に佇む壱弥を見上げる。

彼は平然とシャンパンを味わう親友に胡乱《うろん》な視線を向けたが、すぐに凪紗と向き合った。

「彰吾との結婚式の後、凪紗の足取りを追わせていた。本人には気づかれないように見張りをつけて、東京での暮らしのサポートをしたいと思っていた」

恋愛感情を抱いていたわけではなく、ただ気がかりだったらしい。

社会に出てもいない世間知らずの田舎の娘が東京の魔窟《まくつ》に飲み込まれてしまわないように、陰ながら見守ろうと思ったそうだ。

「凪紗ちゃんの友人の紹介で僕と知り合ったってのは本当なんだけど、裏で手を回していたのはこいつね。普通の一般企業だとどこで横のコネクションがあるかわからないし、もしかしたらご実家と繋がりがあるかもしれないでしょう？　うちならなんのしがらみもないからって壱弥に依頼されたんだ」

「ええ……！」

はじめて明かされた真相は思いがけないもので唖然としてしまう。たまたま運がよかったと思っていたが、それは凪紗がなにも知らなかっただけだった。

――裏で助けてくれた人たちがいたんだ……。

壱弥は凪紗の存在を知っていた。恐らく当初は少しの同情と、分家の後始末のような気持ちで手を差し伸べたのだろう。

「んで、凪紗ちゃんの様子を訊いてくるものだからさ、これはもしかして？　って思ってたら案の定、いつの間にかそういうことに」

「おい、酔っ払い。喋りすぎだぞ」

壱弥の目が据わっている。つまり事実なのだろう。

「引いたか？　気持ち悪いと思われても手放せないが」

不思議と気持ち悪さは感じない。むしろ強引なのに、凪紗に嫌われないかと弱気になっている壱弥が可愛くて笑みが零れそう。

「いいえ、全然。見守ってくれていてうれしいとしか思わないわ。ふたりとも、ありがとうございます」

不安そうな壱弥を抱きしめる。彼の表情は一瞬で和らいだ。

「運命の相手が壱弥でよかった。それに、幸せは待っているだけじゃやってこないから」

変わりたいと思ったときに一歩勇気を出したから、幸運が舞い込んで来た。自分の心に正直に生きることが、よりよい道へと繋がって行くのだろう。

「ちなみに凪紗ちゃんの元婚約者って今どうしてるの？」

「家から勘当されたが南米に移住して国際結婚してるぞ。今じゃ二児の父だ」

「意外すぎるけど、幸せそうでよかったわ」

「あと今回の影の協力者でもあるな。澄桜家に侵入する前に連絡していた」

「え!?」

「俺に澄桜家には座敷牢が存在するという助言をしたのも彰吾だ」

古くから仕えている権禰宜は座敷牢の存在を知っている。彰吾は凪紗と婚約中に、澄桜について情報収集を行っていたらしい。

――そりゃあ確かに、相手の家を調べるのは当然だわ。

そして調べていくうちになにかしら思うところがあったのだろう。鶉生川家だけでもしがらみが強いというのに、凪紗を家に縛り付けることにも抵抗があったらしい。

――それに座敷牢があるような家で育つなんて普通じゃないものね。同情されても仕方ない。

「結婚式をすっぽかした後のアフターフォローにまで手が回らなかったのは彰吾の落ち度だがな。それがずっと気がかりだったらしい。知ってる澄桜の情報をすべて俺にくれた」

「そうだったの……」

敷地の情報だけでも十分壱弥の役に立っただろう。内部に入らないとわからないことも多い。

明かされる真実に頭が追い付かないが、凪紗は彰吾を恨んでいない。

「でも罪悪感なんて持たなくていいのに。むしろ彰吾さんのおかげで私も幸せを摑めたんだから」

元々裏切られたショックはなかった。むしろ自分も逃げていいんだと後押しされた。

そして純粋に彼の幸せをおめでとうと思えるのは、凪紗の隣に愛する人がいるからだろう。

「じゃあ僕はとびっきりオシャレで豪華な指輪を張り切って作りますかね。デザイン代は友人価格でおまけしてあげるよ」

「凪紗の希望通りにしてくれ。婚約指輪と結婚指輪と日常使いができる虫除けの指輪を頼む」

「ちょっと待って、多くない？　最後のは余計では？」

「結婚指輪を嵌めるまでのつなぎの指輪が必要だろう。おい、悠斗。最短の納期はいつになる」

「せっかちだな～ちょっと待ってて。とっておきのルースがあるから」

——予算の上限を決めておかないと、とんでもないことになりそう……。

凪紗は上機嫌な壱弥の袖を引っ張る。

「あの、ほどほどにね？」

「ああ」

「それ絶対わかってないよね？」

「さあ、どうだろうな？」

わかっていても誤魔化している顔だ。

——こういうところは困った人だけど、根本にあるのは愛情だから強く言えない……。

だが他愛ない会話ができるだけで心が満たされている。

平穏な日常が一番の幸せだ。愛する人が隣にいて、毎日「おはよう」と「おやすみ」を言い合える。

そんな穏やかな日々が一日でも長く続くように、凪紗はようやく摑んだ幸せを嚙みしめるのだった。

あとがき

こんにちは、月城《つきしろ》うさぎです。

『絶倫御曹司の執愛は甘くて淫ら』でソーニャ文庫様十冊目&御曹司シリーズ六冊目になりました。ここまで出させていただけたのも読者の皆様のおかげです！　ありがとうございます。

前作のケダモノ御曹司のあとがきに、変態御曹司くらいしか残っていないのではと語りましたが、今回は絶倫を採用しました（笑）。

一体一晩で何回以上を絶倫と呼べるのだろう……と真面目に考えたのははじめてかもしれません。友人たちと議論の末、八回以上を絶倫と呼ぶのではないかという結論になりました（多分）。そして私はあとがきで何回絶倫を連呼するのだろう。

以下ネタバレを含みますので、本編を読了後にお進みください。

神社の裏御籤に使用する書のことは一言でわかりやすく予言書としていますが、正確には迷ったときのアドバイス集をイメージしていただけたらと。頭の中で質問を浮かべて、パッと開いたページに答えがあるという本をモデルにしてます。

自ら行動を起こして幸せを掴もうとするヒロインが好きなので、凪紗にも頑張って動いてもらいました。家を捨ててからは随分行動的になったと思いますが、元々の性格が外向的とは言えないので、ひとりだけだと行動範囲は狭いです。

大人しく出番を待っていた壱弥が堂々と凪紗を引っ張って、これから彼女に新しい世界を見せてくれることだと思います。彼も一途な恋が実ってよかったですね……凪紗に結婚願望が生まれるまで待った甲斐がありました。

翠川も書いていて楽しいキャラでした。イケメンなのに石を恋人扱いする変人に、人間の彼女はできるのだろうか……と心配になりますが、案外0日婚をしそうです。

数年ぶりに私の石熱も再燃しました。キラキラ輝くカラーストーン、可愛いです。

イラストを担当してくださった小豆《こまめ》こま様、美麗な壱弥と凪紗を描いてくださりありがとうございました。イメージぴったりなふたりが素敵です！

そして担当編集者のS様、大変お世話になりました&的確なアドバイスをありがとうございました。今後も精進したいと思います。よろしくお願いいたします！

この本に携わってくださった校正様、デザイナー様、書店様、営業様、そして読者の皆様、ありがとうございました。楽しんでいただけましたら嬉しいです。

この本を読んでのご意見・ご感想をお待ちしております。

◆ あて先 ◆

〒101-0051
東京都千代田区神田神保町2-4-7 久月神田ビル
㈱イースト・プレス　ソーニャ文庫編集部
月城うさぎ先生／小豆こま先生

絶倫御曹司《ぜつりんおんぞうし》の執愛《しゅうあい》は甘《あま》くて淫《みだ》ら

2025年3月9日　第1刷発行

著　者　月城《つきしろ》うさぎ
イラスト　小豆《こまめ》こま
装　丁　imagejack.inc
発行人　永田和泉
発行所　株式会社イースト・プレス
〒101－0051
東京都千代田区神田神保町2－4－7 久月神田ビル
TEL 03－5213－4700　FAX 03－5213－4701
印刷所　中央精版印刷株式会社

ISBN978-4-7816-9780-2
定価はカバーに表示してあります。

Sonya ソーニャ文庫の本

ああ……、これが愛の味か。

王女シャーリーは、父王に命じられ隣国へ嫁ぐことに。だが途中、迷い込んだ先で妖精王と名乗る美貌の男と出会う。彼は目が合った途端、「不味い!」と言い放ち不機嫌になるが、シャーリーを自分の花嫁だと言い、強引に結婚式まであげてしまって……。

『妖精王は愛を喰らう』 月城うさぎ

イラスト アオイ冬子

Sonya ソーニャ文庫の本

まだ夜は終わってないぞ?

不審な男に絡まれていた冴月は、大企業の御曹司・獅堂煌哉に助けられ、とある相性がぴったりなことから彼のマンションで同居することに。俺様的な雰囲気なのに、実は紳士的で世話焼きな煌哉。だが満月の夜、獰猛な欲望を剥き出しにした彼に何度も熱く貪られ——。

『ケダモノ御曹司は愛しの番を貪りたい』

月城うさぎ
イラスト 天路ゆうつづ